被誤解的三國

的三國

全彩插圖版

黃巾
董卓亂政 赤壁之戰
群雄逐鹿 夷陵之戰

廖彥博

著

三國歷史在漫長的演化過程中，
經過長期的以訛傳訛，
已經逐漸掩蓋了它本來的面目。
現在，
我們將還三國一個「清白」……

一直以來被誤解的
三國知識與真相！

被誤解的三國

文／廖彥博

　　能夠寫一本以三國時代歷史為主題的書，是我一直以來的夢想。雖然在大學和研究所讀的都是中國近現代史，可是我自己算算：打從國一開始，在386單色電腦上玩日本光榮公司出品的「三國志I」起，對三國時代歷史和人物的投入的興趣和時間，大概比自己的本業還要多上好幾倍。

　　這本書的主要目的，是想藉著正史和小說的對話，讓大家更進一步認識真實的三國人物和歷史。即使時至今日，三國人物及其謀略，都還是商業策略、政治權謀觀摩學習的最佳範本，很多詞彙比如「三顧茅廬」、「苦肉計」、「說曹操，曹操到」還被現代人頻繁使用。問題是，我們腦海中的「三國」印象，是《三國演義》裡面那個劉皇叔愛哭、諸葛孔明可以招喚天兵天將、曹操被困華容道的那個「小說三國」，還是正史裡面，劉備不但不哭，還很堅強、曹操發明錦囊妙計、「草船借箭」其實是孫權不小心闖出來的「正史三國」？除了小說裡虛構的三國，我們也應該知道真正的三國，還有小說和歷史之間的差異，把文學想像的「小說三國」拓展、豐富成波瀾壯闊的「歷史三國」，這是我寫這本書，想要拋磚引玉的一點小動機。

　　在比較小說和歷史的差別時，主要的根據是《三國志》、《後漢書》、《資治通鑑》等正史，凡是引用原文的地方，在白話文翻譯的後面，我通常都會在刮弧裡附上原

文。另外，我還借重和參考了許多
當代台灣與大陸學者的看法，在這
裡要說明的是：因為這本書的對
象，不是寫給研究中國歷史的專家
學者，而是對三國有興趣的讀者大
眾，所以沒有採用學術規格標出引
用來源，但是在提到他們獨到的見
解時，都會在行文中註明。

　　因為小說形象和正史形象的不
同，我在提到某些人物比如諸葛亮
和關羽時，作了一些區別：凡是以
「孔明」來稱呼的，指的是小說裡
的諸葛軍師；而當我說「關羽」而
非「關公」時，我指的是三國史上
的大將關羽，而不是民間信仰裡義
薄雲天的關聖帝君。

　　這本書是在一邊照顧剛出生的
小女、應付學校功課、校對上一本

書的三重夾擊下，熬夜趕稿三個月
寫出來的。在這裡要特別感謝好讀
出版社總編鄧茵茵、編輯銘桓對我
拖稿的寬容，還有他們對這本書細
心的編排和設計，讓我一圓少年時
的三國夢。當然，如果書裡有任何
論點或是史料引用的謬誤，都是我
的責任，也歡迎讀者給我批評指
教！

目次 Contents

三國時代
到底是指哪段時間？

> 話說天下大勢，分久必合，合久必分。周末七國分爭，併入於秦。及秦滅之後，楚、漢分爭，又併入於漢。漢朝自高祖斬白蛇而起義，一統天下。後來光武中興，傳至獻帝，遂分為三國。
>
> 《三國演義》第一回

從東漢獻帝初平元年（西元一九〇年）各路諸侯起兵討伐董卓，到西晉武帝太康元年（西元二八〇年）吳國滅亡的這九十年，稱爲「三國時代」。三國指的是曹丕篡漢建立的魏（西元二二〇年）、劉備在四川建立的漢（通稱蜀漢，西元二二一年）、以及孫權在長江中下游建立的吳（西元二二九年）。之所以把三國鼎立前三十年的東漢歷史，也列入三國時期，是因爲有許多影響三國歷史的人物（比如曹操、孫策、袁紹、劉表）和事件（例如官渡之戰、赤壁之戰）活躍、發生於此時期。

三國是戰爭的年代。自從東漢末年黃巾起事以後，朝廷爲了平定亂局，把經濟、軍事大權下放給地方行政長官（州牧），結果造成軍閥割據的局面。這些大小軍閥在中原地區混戰，企圖吞併對方，最後由曹操和袁紹脫穎而出。曹操挾天子以令諸侯，戰略正確；袁紹家世高貴，兵多將廣。雙方在建安五年（西元二〇〇年）進行決戰，結果曹操獲勝，統一了北方。

曹操接著積極準備南征，統一天下，但是在建安十三年（西元二〇八年）遭受了挫折。出身河北、在徐州發跡的劉備，這時和長江下游的孫權集團結盟，組成聯軍，在赤壁打敗曹操的大軍。赤壁之戰奠定了三分天下的雛形：曹操敗回北方，孫權和劉備平分荊州。之後劉備入蜀，奪取益州，又和曹操爭奪漢中；曹操平定北方遊牧民族、掃蕩關中地區的殘餘軍閥；孫權則在淮河流域和曹操發生多次戰鬥，並且在建安二十四年（西元二一九年），趁關羽和曹操發生戰爭

黃巾之亂造成東漢末年群雄割據的局面,圖為清代插畫,描繪劉備、關羽、張飛討伐黃巾賊之場景。

時,奪取了劉備集團的荊州部分。劉備東征復仇,卻在章武二年(西元二二二年)的夷陵之戰中失敗。三國的版圖,就此底定。

劉備死後,蜀漢由諸葛亮執掌朝政,他整軍經武,從建興六年(西元二二八年)起對魏國發動一系列北伐戰爭,但是並沒有獲得重大勝利。曹魏和東吳則陷入內戰與政治鬥爭當中:先是司馬懿父子在魏明帝曹叡死後,逐漸掌握朝中大權,魏國權貴試圖反抗,發生多次內戰;吳國在孫權死後,權臣擁立年幼的皇帝,掌握政權,一連發生多起政變。最後,由司馬家族所控制的魏國,先消滅了統治相對較穩定的蜀漢(西元二六三年),接著篡位,建立晉朝(西元二

六五年)。經過和東吳在長江流域的對峙,終於渡過長江,統一中國(西元二八〇年)。

三國同時也是人才輩出的年代。各種軍事、外交、政治上的策略陰謀層出不窮。清代學者趙翼說過:三國人才之盛,把魏、蜀、吳三組人馬其中之一,放在其他時代,都足以開創統一王朝!而除了爭戰殺伐的英雄豪傑,三國也有才高八斗的文人墨客,都是正史與小說所歌頌的對象。當然,在閱讀這段歷史時,我們也不能忘記:在這個動亂的大時代裡,還有成千上萬沒有留下姓名、被戰爭波及,或是為生活而艱苦掙扎奮鬥的平民百姓。

三國志和三國演義
有什麼分別？

滾滾長江東逝水，浪花淘盡英雄。是非成敗轉頭空：青山依舊在，幾度夕陽紅。白髮漁樵江渚上，慣看秋月春風。一壺濁酒喜相逢：古今多少事，都付笑談中。

《三國演義》卷首詞

《三國志》是中國二十五史當中的一部，記載由東漢末年起，到西晉統一中國之間的歷史，是一部正史；《三國演義》是中國「四大奇書」之一（其餘三本是《金瓶梅》、《水滸傳》與《西遊記》），是一百二十回的長篇章回歷史小說。

《三國志》的作者是陳壽。陳壽（西元二三三年至二九七年），字承祚，巴西郡安漢（今四川省南充）人，年輕時在蜀漢擔任觀閣令史（約等同於國家圖書館研究員），蜀漢滅亡之後在晉朝為官。陳壽私自寫作三國的歷史，共六十五卷，後來被合稱為《三國志》。當時許多人同時也在撰述三國歷史，但陳壽的版本取材審慎，文筆簡潔，所得到的評價最高。據說夏侯湛在看到陳壽的《三國志》後，自嘆不如，就把自己正在撰

寫的《魏書》毀去，封筆不寫。陳壽的《三國志》以曹丕所創建的魏國為正統，只有魏國皇帝的傳記叫做「紀」，蜀、吳皇帝都稱「傳」；也都採用魏國年號紀年。

但是《三國志》並非沒有缺點，由於敘事太過簡略，以及尊魏國為正統的做法，引起後世許多議論和補充，於是一百多年後，當時南朝宋文帝劉義隆命令裴松之（西元三七二年至四五一年）校注《三國志》。裴松之蒐集各種史料，以補《三國志》之不足，或者引用與《三國志》說法不同的記載，互相比對；根據大陸歷史學家楊耀坤的統計，裴松之引用了二二九種當時的書籍，對《三國志》正文的注釋及補充多達二〇六六處！裴松之替《三國志》注解，保留了許多現在已經失傳的文獻資料，補充許

多在陳壽原書上沒被記載的人、事，這都是裴注的貢獻。所以，後世印刊《三國志》時，都合「陳志」和「裴注」為一本。

《三國演義》的作者，現代學者都公認是羅貫中。據說羅貫中是山西太原府祁縣人，他的生平，只見於他朋友賈仲明的《錄鬼簿續編》裡。羅貫中早年曾經有爭霸天下的雄心（有志圖王），元代末年天下大亂，他投身在割據一方的張士誠麾下擔任幕僚。後來張士誠被朱元璋打敗，羅貫中就隱居起來，蒐集、整理隋唐以來的民間三國故事與說書版本。明朝建立後，羅貫中在朝廷的默許下，撰寫成《三國演義》一書。《三國演義》後來又有毛宗崗父子校注、修正，今天我們耳熟能詳的「滾滾長江東逝水，浪花淘盡英雄」卷首詞，就是毛氏父子加上去的。

《三國志》和《三國演義》的差別很大。雖然小說以陳壽《三國志》和裴松之的注釋作為主要取材對象，羅貫中卻把他一生沒辦法完成的志業和抱負，都寫進《三國演義》的英雄爭霸裡。所以，《三國演義》以劉備建立的蜀漢為正統，也是故事的主線。小說前半的主角是劉備、關羽、張飛等人，中後期則是諸葛亮、姜維；在正史裡是正面人物、篇幅最多的曹操、司馬懿等人，在小說裡擔任反派，形象很差；至於東吳的孫堅、孫策、孫權父子，戲分最少。羅貫中另外也參雜很多「天命不可知」的觀念在小說當中，比如諸葛孔明雖然神鬼莫測，可是最後還是「出師未捷身先死」，似乎是羅貫中對自己壯志未酬的一種投射。

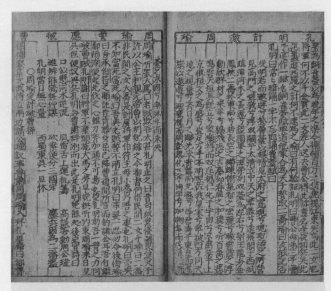

羅貫中所著《三國演義》與正史《三國志》內容差異很大。

曹操到底是
英雄還是奸雄？

太祖運籌演謀，鞭撻宇內，攬申、商之法術，該韓、白之奇策，官方授材，各因其器，矯情任算，不念舊惡，終能總御皇機，克成洪業者，惟其明略最優也。抑可謂非常之人，超世之傑矣。

《三國志・武帝紀》

談論三國人物，曹操絕對是面相最多、最複雜的第一人。那麼，撇開《三國演義》「亂世奸雄」的「白臉曹操」評價不談，我們該怎麼認識正史上的曹操呢？

年輕的曹操，是個嚴格執法的熱血官吏。雖然父親曹嵩曾擔任太尉高官，但因為是宦官養子的關係，曹操的家世並不好。曹操小時候，身材矮小，其貌不揚，也不認真讀書，但腦筋非常靈活，極會臨機應變。長大後靠父親關係，擔任洛陽北部尉（首都警察北區分局長）。在任期間，曹操認真執法，專打「大咖」，結果因此得罪宦官集團，不久就被免官了。即使如此，曹操仍然冷靜的觀察天下政局，他希望有朝一日，能夠結合眾人的力量，幫助皇帝與朝廷，讓動亂的政局穩定，使痛苦的百姓獲得太平。

但那些出身高貴的名門豪族，為了爭權奪利而顯露出的醜惡言行，讓曹操一再失望。於是他決定靠自己的努力來平定天下，為了達成這個目的，曹操壓抑自己的喜惡，依法行政，用人唯才。能夠原諒殺害自己長子、愛將的仇敵（如張繡）；器重的人才想要離去，他也能容忍（比如關羽）；他勇於承認自己的過錯，把功勞歸給部下，也因此，曹操能夠聚集最多的人才，採用最適當的策略，在群雄當中脫穎而出。

曹操同時還是一個軍事理論家和詩人。曹操飽讀兵書，曾經注解《孫子兵法》，他用兵、練兵的才能，連敵對陣營的諸葛亮都稱讚；而多年征戰，看盡生死流離，加上長期受頭痛宿疾困擾，讓曹操對於人生有悲觀洞澈的看法，反映在他的詩作上，形成

一種格局開闊、雄渾悲涼的風格。既能寫詩注書,還能赤手空拳開拓局面、親上前線的軍政領導人,整個三國時代,也只有曹操一人!

不過曹操晚年,野心膨脹,追求個人權勢的慾望,壓過了平定天下、安定百姓的初衷。因此導致他和幾位早年一起打拚的幹部翻臉,使他們有悲劇性的結局。曹操雖然爲東漢朝廷掃清軍閥割據,但他把皇帝當成傀儡,毫不尊重,因此發生逼死伏皇后、毒殺皇子的惡行,重創曹操的形象,也對當時的社會風氣產生極差的影響。

其實我們該公平的說:曹操是三國時代的頭號人物!他的政治才幹、民間聲望、軍事素養,文學作品甚至陰謀野心,在當時都無人可比,也不愧陳壽所說「非常之人,超世之傑」的評價。

所以,曹操是不是奸雄?當然是!曹操是「奸詐的英雄」!但自古以來,哪一位成就大事業、開創大局面的英雄,是不奸不詐、心慈手軟就能成功的呢?

東漢皇帝只是曹操的傀儡。圖為描繪曹操殺了董承後,進宮欲殺董貴妃,獻帝不敢阻止的場面。

劉備的天下
眞的是哭來的嗎？

先主之弘毅寬厚，知人待士，蓋有高祖之風，英雄之器焉。及其舉國託孤於諸葛亮，而心神無貳，誠君臣之至公，古今之盛軌也。機權幹略，不逮魏武，是以基宇亦狹。然折而不撓，終不為下者，抑揆彼之量必不容己，非唯競利，且以避害云爾。

《三國志・先主傳》

身爲《三國演義》的男主角，劉備具有很極端的形象：他既是小說裡那個仁義之主，又是一個假惺惺、愛哭會逃跑的僞君子，甚至有句歇後語，說「劉備的天下——哭來的」。正史上的劉備眞是這樣的嗎？

歷史上的劉備，有個很奇怪的現象：他沒有地盤，可是有人奉送給他（徐州牧陶謙、益州張松、法正）；他常被打敗，單獨一人逃走，可是群雄都願意收留他（呂布、袁紹、曹操、劉表）。換句話說，劉備這人二十四歲左右出道，混了將近二十多年，只有聲望，沒有戰績，可是卻沒有人敢小看他，還把他當梟雄看待。

爲什麼？這就是「歷史劉備」的頭一種特質：得人緣。我們先從劉備的性格和出身說起。劉備出身平民

（他自稱是漢朝宗室的後代），小時候和母親編織、販賣涼蓆爲生。少年時不喜歡讀書，每天就愛穿得很「潮」，往酒店跑，賭賽馬、賽狗。長大後的劉備話很少，對人謙虛，很少表露自己心裡在想什麼（所以並不愛哭），但卻很有義氣，講信用，樂意認識三教九流的朋友。果然他很快聚集起一支隊伍，參加鎭壓黃巾之亂，關羽、張飛這兩員忠心耿耿的大將，也就是這時候加入的。陳壽說劉備很像他的祖先漢高祖劉邦，其實劉邦粗俗愛罵人，劉備卻心胸開闊，舉止大氣，在這點上比起劉邦更有魅力。

更令群雄不敢小看的，是劉備不但政治嗅覺敏銳，心中還有遠大的志向。經過多年的征戰，周旋在中原

各大小軍閥之間，劉備逐漸領悟到：他是不可能和曹操和平共處的，身為漢室後裔，他應該號召天下，恢復漢朝，建立一個以他為中心的新政權。可見劉備雖然東奔西走，常被打得落荒而逃，可是卻也從中培養出爭奪天下的雄心壯志，而且即使窮途潦倒，也不放棄認輸。正是這樣的屢敗屢戰，堅決奮鬥，他才能在年近半百的時候，請到諸葛亮相助，英雄終於有了用武之地。

可見劉備的江山不是靠眼淚哭來的，而是他堅韌的鬥志，和一群長期追隨他的忠實幹部，再加上諸葛亮的正確戰略，共同奮鬥拚出來的！不過劉備畢竟在政治謀略和行軍打仗上不如曹操，加上他得到諸葛亮相助時，曹操已經北定中原，東吳的統治也根深蒂固，所以他的地盤是三國當中最小的。雖然晚年的劉備，決策上變得感情用事，以致於有夷陵之戰的慘敗，但他到臨終前，依然神智清明，毫無雜念，把新生而脆弱的蜀漢託付給諸葛亮，保住了一生奮鬥的事業。這樣看來，正史上的劉備，確實是英雄人物！

正史上的劉備心胸開闊、折而不撓、敗不氣餒，最終成功建立蜀漢政權。

江東為什麼是孫家天下？

孫堅勇摯剛毅，孤微發跡，導溫戮卓，山陵杜塞，有忠壯之烈。（孫）策英氣傑濟，猛銳冠世，覽奇取異，志陵中夏。然皆輕佻果躁，隕身致敗。

《三國志·孫破虜討逆傳》

孫權屈身忍辱，任才尚計，有勾踐之奇，英人之傑矣。故能自擅江表，成鼎峙之業。然性多嫌忌，果於殺戮，暨臻末年，彌以滋甚。

《三國志·吳主傳》

《三國演義》當中，對東吳孫氏政權的著墨最少。在東漢末年群雄並起的局面下，孫家憑藉什麼能夠主宰江東長達近九十年？

孫家能夠發跡，起於孫堅。孫堅，吳郡富春（今浙江省杭州富陽）人，據說是戰國時代兵法大師孫武的後代。孫堅本來只是個在縣衙打雜的約聘人員（縣吏），但他十七歲時，就敢單槍匹馬擊退海賊，之後靠著戰功，一路升官封爵到長沙太守、烏程侯。董卓亂政的時候，各路諸侯聯合反董，孫堅最為英勇善戰，單獨攻入洛陽。之後他依附在袁術陣營，在奉命攻擊荊州劉表的時候，戰死在前線，年紀不過三十七歲。孫堅遺留給子孫的，與其說是政治資本，倒不如

說是神勇無敵的「戰神」基因。

孫家立足江東，其實奠基於孫堅的長子孫策。孫堅戰死時，孫策還是個少年，所以暫時在袁術麾下棲身。《三國演義》裡，孫策被稱為「小霸王」，意思是他很像秦末西楚霸王項羽。史書上說，孫策長相俊俏，心胸開闊，愛開玩笑，很能聽取旁人建議，善於提拔使用人才，所以文武官員、將士百姓，無不樂意為他效命。在這點上，孫策就強過項羽很多了！孫策帶著父親的老幹部，和自己招募的人才（如周瑜、張昭），離開袁術回到江東，一連好幾戰，孫策身先士卒，所向無敵。連曹操聽到了，都說「猘兒（小獅子，指孫策）難以爭鋒也。」事實上，當曹操和袁紹在官渡

僵持不下的同時，孫策正在策畫用輕裝騎兵襲擊許都，迎奉漢帝！不幸孫策遭到刺殺，而使此謀無法實現。假使這個計劃成功，曹操的命運，甚至整部三國史都可能改寫！孫策死時才二十六歲，他簡直可以說是中國的亞歷山大大帝了！

孫策遇刺身亡，大弟孫權當時才十八歲，倉皇繼承孫家領導人的職務。正如《三國志》作者陳壽所評論的，孫堅、孫策父子，雖然驍勇善戰，但是都死在自己個性上的浮躁衝動這個大缺點。孫權則穩重得多，衝鋒陷陣不是他的專長，忍耐等待卻是他的強項。除了繼續重用父、兄留下的幹部，孫權還不斷挖掘人才、開疆拓土，比如起用魯肅、呂蒙、陸遜等人，平定山越，攻奪荊州，航海探險夷洲（傳說是今日的台灣）等等。東吳帝國的版圖，在孫權時期大致底定。

在孫權的領導下，東吳逐漸從孫堅、孫策的「戰鬥團」轉型為與劉備、曹操爭奪天下的政治集團。可是，孫家好勇鬥狠、凡事用暴力解決的遺傳性格，畢竟還根深蒂固的留在孫氏政權裡，尤其到了孫權晚年，更為嚴重，這也間接造成了東吳最後的滅亡。

孫堅是孫策、孫權的父親，傳下了「戰神」基因。

劉關張桃園三結義
與年齡之謎

三人焚香再拜而說誓曰：「念劉備、關羽、張飛，雖然異姓，既結為兄弟，則同心協力，救困扶危；上報國家，下安黎庶；不求同年同月同日生，只願同年同月同日死。皇天后土，實鑒此心。背義忘恩，天人共戮！」

《三國演義》第一回

誓畢，拜玄德為兄，關羽次之，張飛為弟。

《三國演義》第一回

劉備、關羽、張飛三個人在一片桃花盛開的林子裡結拜兄弟的「桃園三結義」，是《三國演義》第一回的主要內容，也是大家耳熟能詳的場景。劉、關、張兄弟三人生死不渝的兄弟義氣，更是貫穿《三國演義》的故事主線：當關羽知道大哥劉備的消息，不辭辛苦千里走單騎去與落魄潦倒的劉備會合；當關羽兵敗被殺，劉備不顧一切起兵為他報仇。這一切在桃園三結義「不求同年同月同日生，但求同年同月同日死」的誓詞襯托下，看來非常合情、合理。

但是，在正史上的記載，又是如何呢？

遍查陳壽的《三國志》，沒有劉備、關羽、張飛結拜為異姓兄弟的記載。劉備在漢靈帝中平元年（西元一八四年）響應朝廷號召，組織民兵與黃巾黨作戰，關羽和張飛，都是第一批加入劉備這支小部隊的基本幹部。根據〈關羽傳〉中說，劉備在這個時期，每天和關、張二人，「睡覺都在一起，恩情有如兄弟」（寢則同床，恩若兄弟）；而關、張則整日護衛劉備，忠心耿耿。另外，在〈張飛傳〉裡，則說：張飛比關羽小幾歲，所以「把關羽當成兄長般看待」（以兄事之）。上述這些記載，或許是歷代《三國志平話》到《三國演義》一類章回小說作者們杜撰「桃園三結義」的張本。但事實上，恩情有如兄弟，不代表真正結為兄弟；把關羽當兄長般事奉，也不表示張飛與關羽義結金

蘭。

　　不過劉備與關、張兩人的關係密切，確實為正史上所記載。劉備的整個事業，關、張二人出力最多，而且忠心耿耿，即使在劉備被打得大敗，顛沛流離的時候，也都不離不棄。關羽北伐，威震華夏；張飛在長坂坡，力退曹軍，兩人是劉備陣營當中，最具有「國際知名度」的將領。在關、張兩人分別遇害後，劉備決心起兵攻

打東吳復仇，東吳急忙派諸葛亮的兄長諸葛瑾求和，他對劉備說：「關羽和先帝（這裡指被曹丕逼迫遜位的東漢獻帝劉協），哪一位對陛下來說比較親近呢？」關羽能夠被拿來和皇帝相提並論，也可見劉備和他的幹部之間深厚的情誼了！

　　關羽字雲長，張飛字益德（《三國演義》作「翼德」，是不正確的），知名三國學者祺夢庵先生懷疑

桃園三結義是《三國演義》中最為人耳熟能詳的場景之一。

他們兩人本來另有名字，關羽、張飛，可能都是劉備後來改取的。如果和趙雲（字子龍）的名字合在一起看，的確頗有飛雲騰龍，增益劉備（字玄德）的意思。

而根據史實，所謂「劉關張」的排序，其實也大有蹊蹺。查考史籍，如果劉備不是三人之中年紀最長的，那為什麼大家總是把他當作「桃園三結義」的大哥呢？

前面我們講到所謂「桃園三結義」其實是小說家的杜撰，歷史上並無此事。那麼問題就來了：在正史上劉備、關羽、張飛誰的年齡最大？為什麼劉備可以當上大哥呢？

先根據歷代史家的考證來推定三人年齡：桃園結義時劉備的年紀，在《三國演義》裡交代是二十八歲。正史中沒有記載劉備哪年出生，《三國志‧先主傳》裡只說他死於蜀漢章武三年（西元二二三年），「時年六十三」，古人論歲數都是算虛歲，從這裡倒推回去，劉備的生年應該是東漢桓帝延熹四年（西元一六一年），那麼桃園結義時（東漢靈帝中平元年），劉備應該是二十四歲。

關羽的生年，《三國志》沒有記載，不過根據同書〈張飛傳〉上說「羽年長數歲，飛兄事之」的關係來看，關羽比張飛年長是沒有問題的。那關羽與劉備誰較為年長呢？近代以來，學者綜合各種考古發現以及史料考證指出：關羽生於延熹三年（西元一六〇年），所以，從清初開始，學者就有「關羽其實比劉備年長」的論斷出現。至於張飛的生年，正史中同樣也沒有記載，《三國演義》中說張飛被刺時「時年五十五歲」，根據清代學者考證，張飛死時（西元二二一年）應為五十七歲。

從以上的生卒年推斷，如果在靈帝中平元年真有那麼一場桃園結義的話，那麼關羽（時年二十五歲）應該是劉備（時年二十四歲）和張飛（時年二十歲）的大哥啊！那劉備為什麼一直被認為是三結義的大哥呢？

民間流傳一些三人結拜時的故事，比如說：張飛提議以爬樹決定誰兄誰弟，並且一馬當先爬上樹梢，關公慢了一拍，爬到樹幹；而劉備卻不慌不忙地摸著樹根笑說：「樹先有根方有枝，所以是先有我才有兩位賢弟啊！」這種傳說可能是為了替劉備「大哥」的角色合理化而產生的。

撇開文學和民間傳奇，從歷史的角度來講，劉備是這個政治軍事集團的頭兒，他當「老大」又有什麼好懷疑的呢？

張飛真的是個莽撞的大老粗？

> （張飛）直奔後堂，見督郵正坐廳上，將縣吏綁倒在地。飛大喝：「害民賊！認得我嗎？」督郵未及開言，早被張飛揪住頭髮，扯出館驛，直到縣前馬椿上縛住：攀下柳條，去督郵兩腿上著力鞭打，一連打折柳條十數枝。玄德正納悶間，聽得縣前喧鬧，問左右，答曰：「張將軍綁一人在縣前痛打。」玄德忙去觀者，見綁縛者乃督郵也。玄德驚問其故。飛曰：「此等害民賊，不打死等甚！」
>
> 《三國演義》第二回

話說在《三國演義》第二回中，劉備因征討黃巾有功，擔任安喜縣尉（相當於現在的縣警察局長）一職，某日上級（督郵）來縣視察，態度高傲，索賄不說，還魚肉百姓，結果張飛實在氣不過，乾脆把這位可憐的老兄綁在縣衙前的馬椿上痛扁。自己的部下幹出這種「暴行犯上」的事兒來，劉備這個安喜縣尉當然是當不下去了，於是連忙捲鋪蓋走人，逃亡去也。《三國演義》裡張飛的火爆性格，這是第一次登場，接著又有「三顧茅廬」、「大鬧長坂橋」、「義釋嚴顏」等演出，「莽張飛」的形象也從此深入人心。

在《三國演義》裡，形象的塑造，如曹操之「奸」、關公之「義」、孔明之「智」，和張飛之「莽」都很深入人心，比如張飛的初登場，說他「身長八尺，豹頭環眼，燕頜虎須，聲若巨雷，勢如奔馬。」一個北方莽漢的形象就躍然紙上了。不過，歷史上的張飛，真是這樣一個莽撞的粗漢嗎？

先說鞭打督郵，雖有其事，但闖下這等禍事者卻是劉備本人（所以說劉備不光只是會哭、會逃跑，他還有火爆脾氣）。再說，張飛義釋嚴顏、長坂橋布置疑兵，都是明載於史書的事，當劉備入蜀後，張飛也展現出獨當一面的能力，獨自率領一支部隊增援；之後擔任巴西太守時，更與魏國

名將張郃對峙，最後出奇兵擊潰魏軍。這些事實其實也反映出張飛智勇雙全的一面。這樣說來，張飛似乎不是大字不識、只知道揮舞丈八蛇矛的莽漢，民間流傳不少張飛善於草書、繪畫的傳說。另外，張飛還非常敬重知識份子：劉備平定益州後，張飛第一個拜訪的，就是成都名士劉巴。

至於史書上對張飛的容貌並沒有描述，但是應該和小說中所說那樣的線條崢嶸、豹頭環眼的模樣有些距離。為什麼呢？張飛的兩個女兒，先後成為後主劉禪的皇后（即大小張后），雖說古時皇帝選后妃，講究德容並茂，既要賢慧，又要漂亮。但如果姐姐大張后長得像爸爸張飛，那已經錯了一次的後主，無論如何是不可能再上當一次、再娶妹妹入宮的。從這裡推論：必定是大張后的容貌有某種程度的「口碑」，因此我們想像歷史上張飛真正的容貌，可能會和小說裡的造型大不相同，也許張飛長得相貌堂堂、儀表不凡呢！

張飛在史書記載中展現出其智勇雙全的一面，不像《三國演義》描寫的那般只是個大老粗。

董卓眞是東漢滅亡的頭號元兇？

> 卻說前將軍鰲鄉侯西涼刺史董卓，先為破黃巾無功，朝廷將治其罪，因賄賂十常侍幸免；後又結託朝貴，遂任顯官，統西州大軍二十萬，常有不臣之心。是時得詔大喜，點起軍馬，陸續便行；使其婿中郎將牛輔，守住陝西，自己卻帶李傕、郭汜、張濟、樊稠等提兵望洛陽進發。
>
> 《三國演義》第三回

東漢末年宦官亂政，把持朝廷，國舅大將軍何進聽從袁紹建議，召喚駐守在邊境的董卓入京殺宦官。但何進還沒等外兵進城，就和宦官展開廝殺，最後同歸於盡；結果是送走豺狼，又迎來虎豹。董卓帶領西涼兵進占洛陽，專斷朝政，殘暴跋扈，廢了少帝劉辯，改立陳留王劉協為皇帝。

董卓是個什麼樣的人物？他早年到西涼（今甘肅省）一帶發展，因為征討羌族立有戰功，也是擁兵自重的軍閥之一。他進京後，挾持天子離開洛陽到他的根據地長安。隨著他壟斷朝廷，董卓也把軍閥殘忍野蠻的風格帶進中央來：凡是官員與他意見不同者，當場殺死；又僭用（不合

禮法的）皇帝的服飾和馬車規格，在政府內外都安插親信，作威作福，陳壽評論董卓「暴虐不仁」，說是文字發明以來僅見（自書契以來，殆未之有也）。後來司徒王允使用反間計，挑撥董卓與大將呂布感情，借呂布之手誅殺董卓。董卓身軀肥胖，裴松之引用

董卓是歷史上評價極其負面的人物之一，各路諸侯討董卓常被視為是三國時代的開始。

《英雄紀》上說：董卓死後，守屍士兵在他的肚腩插上燈芯，當成蠟燭點燃，結果亮如白晝，一連燒了好幾天都不熄滅。

董卓亂政，因此引來了各路諸侯以討伐董卓為名，起兵反對中央。這在小說中，為逐鹿中原的各路英雄們，提供了崛起的舞台；而在歷史家的眼中，日漸衰頹的東漢王朝並非亡於黃巾民變，反倒是因為宦官亂政以及之後的董卓專政，讓奄奄一息的中央政府趨向瓦解。所以，很多學者都把各路諸侯共討董卓，當作是三國時代的開始。

董卓就是摧毀東漢的頭號元凶

嗎？其實不是的。真正讓東漢大一統局面一去不復返的，其實是參與反董的各路諸侯們，以及當時擁兵自重的地方州牧，也就是袁紹、劉表、劉焉這些人。著名史學家錢穆先生在《國史大綱》裡已經明確的指出：當時這些出身高貴的名士們，其實一個個心懷鬼胎，不是懷著拖垮中央政府、自己取而代之的野心，就是想要畫境自守，當起獨立王國的小國王。後來雖然有曹操起來收拾亂局，但是他也缺乏一個「坦白響亮的理由」來成立新的中央權威，於是政治離心、天下大亂的局面，就此展開了。

董卓火燒洛陽城

曹操眞當過
行刺董卓的刺客？

> （曹）操又思曰：「此賊當休矣！」急擎寶刀在手，恰待要刺，不想董卓仰面看衣鏡中，照見曹操在背後拔刀，急回身問曰：「孟德何為？」時呂布已牽馬至閣外。操惶遽，乃持刀跪下曰：「操有寶刀一口，獻上恩相。」卓接視之，見其刀長尺餘，七寶嵌飾，極其鋒利，果寶刀也。
>
> 《三國演義》第四回

在《三國演義》第四回的前半，說了「孟德獻刀」的故事：首先講曹操自告奮勇，向司徒王允承諾刺殺董卓。他向王允討了七星寶刀一口，以獻刀為藉口進入太師府，伺機殺害董卓。次日董卓在小閣召見曹操，問他為何姍姍來遲？曹操說自己的坐騎太瘦弱，跑不快，所以來遲，董卓就要身邊護衛的呂布去選匹西涼好馬相贈，這樣一來董卓身邊就沒人護駕了。曹操一見機不可失，就要下手，董卓身軀肥胖，不耐久坐，斜躺在臥榻上，但瞥見曹操拔刀，連忙回身問：「孟德你幹什麼？」也虧曹操反應極快，馬上就坡打滾，把刀獻給董卓，然後找藉口試馬，慌忙逃出太師府。展開亡命之旅去也。

曹操這次的暗殺行動以失敗作收，但如果細細尋思，會發現整個過程有頗多不合理的地方：曹操不是董卓的心腹，董卓接見他，又是帶刀進屋，身邊會毫無護衛？既然發現曹操拔刀，董卓這樣一個掌握朝政，翻雲覆雨的人，難道憑曹操三言兩語就被打發過去？

正史上的曹操當然沒有當過這種莽撞刺客。曹操之所以棄職離開京城，也和「獻刀」這碼子事無關。董卓紊亂朝綱，當時有識之士都不願意與他合作，私下串連討伐，不只曹操，袁紹、袁術兄弟也都先後離開。不過裴注中引孫盛的《異同雜語》裡記載了一則故事：靈帝時「十常侍」（十個侍候皇帝的大太監）權勢薰天、禍國殃民，志士無不痛恨，某日曹操潛入十常侍之一的張讓府邸，被

府中廝役查覺，曹操拿起隨身的手戟（一種防身用的短兵器）且戰且走，終因他武功高強，得以全身而退。

上述這段故事大概是發生在曹操年輕時候，「孟德獻刀」的虛構情節，也許是從這段故事之中脫胎而來的。

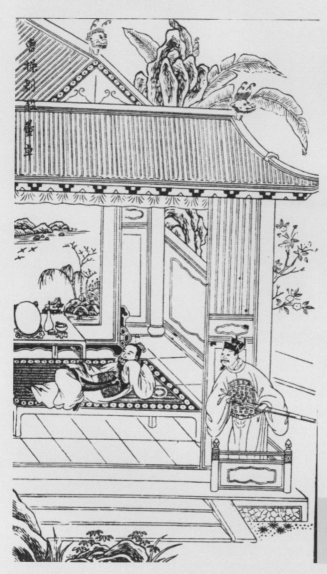

曹操刺殺董卓一事只是《三國演義》虛構。

「捉放曹」時的陳宮
根本不是中牟縣令！

> 縣令曰：「孟德此行，將欲何往？」（曹）操曰：「吾將歸鄉里，發矯詔，
> 召天下諸侯興兵共誅董卓：吾之願也。」縣令聞言，乃親釋其縛，扶之上坐，
> 再拜曰：「公真天下忠義之士也！」曹操亦拜，問縣令姓名。縣令曰：「吾
> 姓陳，名宮，字公台。老母妻子，皆在東郡。今感公忠義，願棄一官，從公
> 而逃。」操甚喜。是夜陳宮收拾盤費，與曹操更衣易服，各背劍一口，乘馬
> 投故鄉來。
>
> 《三國演義》第四回

「捉放曹」是京劇中有名的戲碼，故事是這樣的：曹操行刺失敗，雖然逃出生天，但董卓很快就省悟過來，於是曹操成了朝廷緝拿的要犯。某日曹操路過中牟縣（今日河南省中牟），被守關軍士拿獲，扭送縣令。曹操當然說什麼也不承認自己就是行刺太師的要犯，於是便被囚禁。到了夜裡，縣令陳宮偷偷把曹操提解出來，問他東行要作什麼？曹操正氣凜然的說：「我要回老家，假造皇上的命令，號召全國各地的諸侯起兵，聯合起來誅殺董卓！」陳宮被曹操的忠義感動，於是不但私放曹操，還拋棄官職與他同行。

根據《三國志·武帝紀》記載，曹操在東歸時，的確曾經被中牟縣的官員所拿獲。他被亭長懷疑就是欽犯，抓住他送到縣令那裡去，而被當地認識他的人所救。（為亭長所疑，執詣縣，邑中或竊識之，為請得解）這個心懷忠義、把曹操捉了又放的縣令，在《三國演義》裡，說是陳宮。不過根據史書記載，陳宮並不是在這個時候追隨曹操的。陳宮是什麼時候在曹操帳下，正史中沒有明確記載。根據學者的推測，大約是在初平二年（西元一九一年），陳宮在曹操被迎立為兗州牧（兗州軍政長官）、建立起自己的根據地這件事情上，扮演重要角色。在《三國志》裴注中，引魚豢《典略》所記：「到了

天下大亂時，陳宮開始追隨太祖。爾後他卻疑心生暗鬼，投靠呂布去了（及天下大亂，始隨太祖。後自疑，乃從呂布）。」最後隨著呂布的敗亡而以身殉難。

因此我們可以知道，曹操逃離京城東返時（西元一八九年），和陳宮根本就不認識。陳宮也沒有擔任過中牟縣令一職。為了「捉放曹」一幕的推展，小說家把在歷史上沒有留名的中牟縣令，和日後戲分還不少的陳宮，給重疊在一起了。

歷史上陳宮最初為曹操的部下，後叛逃到呂布麾下。呂布死後，拒絕向曹操投降，而被斬首。

曹操將故友呂伯奢一家滅門疑案

> （曹）操揮劍砍（呂）伯奢於驢下。（陳）宮大驚曰：「適才誤耳，今何為也？」操曰：「伯奢到家，見殺死多人，安肯干休？若率眾來迫，必遭其禍矣。」宮曰：「知而故殺，大不義也！」操曰：「寧教我負天下人，休教天下人負我。」陳宮默然。
>
> 《三國演義》第四回

在上一問裡，我們說了《三國演義》第四回中將曹操捉了又放的人，實則並不是陳宮。在這一問當中我們則要討論同一回裡面更具爭議性的「曹操將故友呂伯奢一家滅門疑案」。

按照《三國演義》的描述：曹操與陳宮繼續逃亡之旅，來到了成皋，奔往曾和父親曹嵩結拜的呂伯奢老先生家投宿。呂老先生讓家人熱情款待不說，自己還趕緊出門買好酒。曹操卻因為聽見隔牆的霍霍磨刀聲，懷疑呂家將加害於己，乾脆先下手為強，持劍把呂家老小八口盡皆殺害（人都殺了，才發現人家是想殺豬宴請曹操與陳宮）。殺了人的曹操和陳宮逃出村來，剛好遇到買酒回來的呂伯奢老先生，不囉嗦，乾脆再補一刀，呂家

被殺得乾乾淨淨。陳宮這才生氣的罵曹操說：「你明知道呂家對你沒有歹意，而還要下此狠手，真是太不義了！」曹操這時就說出那句「寧可我負天下人」的名言來了。陳宮就此認清曹操原來也是個「狼心狗行之徒」，最後離他而去。

《三國演義》裡這場「呂氏滅門血案」把曹操這個大反派奸詐、猜疑、殘忍的性格暴露無疑，那麼歷史上真有這場滅門血案嗎？兇手是不是就是曹操呢？

曹操的確在呂家殺了人，可是事實和小說中的描寫大有出入。呂家凶殺案，《三國志》正文當中沒有記載，不過在裴松之注文所引用的幾本著作中都提到這件事。首先是南朝宋劉義慶編的《世說新語》裡，提到曹

27

操拜訪呂伯奢，老先生不在，五個兒子殷勤的招待曹操，可是曹操卻因為自己棄官潛逃，懷疑他們要通報官府，因而在夜裡下手殺了呂家八人而去。《魏書》則說，曹操投宿呂家，老先生不在家，但夜裡呂家兒子結合賓客企圖奪取曹操和從人的財物與馬匹，曹操為了自衛才殺了數人。孫盛的《異同雜語》所記則是：曹操夜半聽見磨刀聲，便在夜裡殺了呂家人，繼而悲愴的說：「寧我負人，毋人負我！」

因此關於曹操殺呂家滿門一案，可以歸納成兩種說法：第一種是呂家熱情招待故人，結果惹禍上身，反遭滅門之禍；第二種是呂家不懷好意，夜半想來個殺人越貨，曹操被迫自衛殺人。兩種說法都提到呂伯奢不在家這件事。羅貫中在創作《三國演義》時，既然把曹操派作大奸角，想必採用《世說新語》的說法，並且再添一筆，把實際上出門在外、逃過一劫的呂伯奢老先生性命，也一併算在曹操的劍下了。

垂老歸林下悠然世外思
豈知滅門禍即社宴賓時
平原嬌花詞人 畫

呂伯奢為曹操好友，因在《三國演義》中被曹操滅門而聞名。

十八路反董卓聯軍主持人
是Ｃ咖不是袁紹！

太守王匡曰：「今奉大義，必立盟主；眾聽約束，然後進兵。」（曹）操曰：「袁本初四世三公，門多故吏，漢朝名將之裔，可為盟主。」紹再三推辭。眾皆曰：「非本初不可。」紹方應允。

《三國演義》第五回

　　曹操逃回陳留，受地方財團資助，起兵討伐董卓。《三國演義》第五回所說，就是曹操假傳聖旨（矯詔），向天下號召各路諸侯起兵共討董卓的故事。小說中說共有十八路諸侯響應，一時之間聲勢浩大，聚集在洛陽外圍開會，曹操建議：「袁紹兄家世高貴，祖上四代多人擔任三公的高位，有很多門生故舊，又是漢朝名將的後代，足夠資格擔任盟主。」袁紹推辭了一番，也就答應出任了。

　　這段敘述和真正的史實有很大的差異。首先，曹操其實並未假傳聖旨。雖然他在中平六年（西元一八九年）率先起兵，但當時他的聲望不夠，又沒有家世背景，在當時諸侯眼中，充其量只是個「Ｂ咖」，就算假傳聖旨，也沒有號召力。反對董卓的各路力量，據史書記載，共有十四股

（而不是小說中的十八路），他們之中大部分也沒有聚集在洛陽外圍會盟，而是各幹各的。只有劉岱、橋瑁、張超等五路人馬，春天時在酸棗（今河南省延津縣西南）有過會盟之事。

　　等到要公推盟軍主持人的時候，問題又來了：這些刺史、太守們一個個全都畏懼董卓的聲勢，就怕傻傻地當了出頭鳥，頭一個栽跟斗，因此你推我、我推你，竟然沒人有勇氣站上台。最後，一個廣陵的功曹（科長級小官）臧洪看不下去，慨然上台，擔任盟誓主持人。他大聲宣讀誓詞，讀得涕淚縱橫，氣勢慷慨悲壯（辭氣慷慨，涕泣橫下），大家都被他的忠義所感動。要不是有臧洪站出來，這個反董聯盟成與不成，還不一定。所以禚夢庵先生甚至以「義士臧洪」為

題，特別寫了一篇文章來表彰臧洪在這次聯盟當中的貢獻。

　　而當時各路起兵人馬，並未如《三國演義》所說，全部聚集在洛陽近郊。據《三國志》和《後漢書》：小說裡頭擔任盟主的袁紹，這時候遠在河內（今河南省武陟西南），人根本不在場，聯盟只是借用袁紹的名氣，「遙推」他為盟主而已。這場反董卓聯盟大誓師，歷史上真實的主持人，並不是「A咖」袁紹，甚至連那些當時的「B咖」刺史們都不是，反而是一位「C咖」臧洪跳出來，氣蓋山河的在史書上留下了一筆！

《三國演義》中被推為十八路諸侯盟主的袁紹，史實中其實根本不在現場。

溫酒斬華雄與三英戰呂布都是虛構的！

> 關公曰：「如不勝，請斬某頭。」（曹）操教釃熱酒一杯，與關公飲了上馬。關公曰：「酒且斟下，某去便來。」出帳提刀，飛身上馬。眾諸侯聽得關外鼓聲大振，喊聲大舉，如天摧地塌，岳撼山崩，眾皆失驚。正欲探聽，鸞鈴響處，馬到中軍，雲長提華雄之頭，擲於地上——其酒尚溫。
>
> 《三國演義》第五回
>
> 傍邊一將，圓睜環眼，倒豎虎鬚，挺丈八蛇矛，飛馬大叫：「三姓家奴休走！燕人張飛在此！」呂布見了，棄了公孫瓚，便戰張飛。飛抖擻精神，酣戰呂布。連鬥五十餘合，不分勝負。雲長見了，把馬一拍，舞八十二斤青龍偃月刀，來夾攻呂布。三匹馬丁字兒廝殺。戰到三十合，戰不倒呂布。劉玄德掣雙股劍，驟黃鬃馬，刺斜裡也來助戰。這三個圍住呂布，轉燈兒般廝殺。八路人馬，都看得呆了。
>
> 《三國演義》第五回

在《三國演義》第五回一開場，安排了「溫酒斬華雄」這樣一齣生動的戲碼，讓沒沒無聞的關羽，藉由三兩下就殺掉董卓手下大將華雄，而躍上三國的大舞台。同時，也讓曹操注意到劉備手下有這麼一名猛將（斟給他的酒都還是溫的呢），為後面逼降關羽、掛印封金、過五關斬六將等情節埋下伏筆。

為了襯托關公勇猛無雙，因此在小說中華雄也被描寫得非常難以對付，首先是長沙太守孫堅，被華雄打得落荒而逃，部將祖茂被殺；接著華雄又連斬關東反董聯軍兩員大將。當袁紹正愁無人可應戰時，劉備帳下馬弓手關羽卻主動要求出戰，在曹操的支持下，果然關羽沒兩下就把華雄的首級提回來，也奠定他威震華夏名聲的第一步。

然而史實並非如此，關羽根本就沒有參與和華雄的戰鬥。而真正斬殺華雄的，是小說中被打得七零八落的

「三英戰呂布」為《三國演義》所虛構，圖為北京香山古建築彩繪「三英戰呂布」。

長沙太守孫堅。

　　在關東起兵各路諸侯中，孫堅心存漢室，最為忠勇。孫部也是少數真正和董卓西涼軍交戰的義軍，其他各路諸侯大多假討董名義，行擴張自己軍隊、地盤之實。史書上說，孫堅領兵北上，參加討董義軍，在梁縣與董卓軍隊徐榮部驟然遭遇，孫堅戰敗，與數十騎突圍逃走，徐榮緊追，匆忙之間，孫的部將祖茂只好把孫堅平常穿戴的紅頭巾綁在頭上，引徐榮手下騎兵來追，孫堅得以反方向逃走。大概是這段記載，被小說拿來移花接木，說成是華雄殺得孫堅脫巾逃命。不久後孫堅收拾殘部，趁著董卓部將彼此不合的機會（董卓派來的將領胡軫和呂布、華雄不合），全線出擊，在陽人（今河南省魯山縣）大破董

部，亂軍中華雄被殺。董卓害怕，依幕僚建議，想和孫堅結為親家，卻被孫堅嚴正的拒絕。接著孫堅便進軍洛陽，董卓不敵，只好退出京城。因為得不到後台老闆袁術的支持，孫堅進入洛陽城後，糧草用盡，只好在祭掃漢朝太廟後退出（相傳孫堅在祭掃宮殿時，得到傳國玉璽，這段故事會在下下篇提到）。

　　史書中這樣一位忠勇善戰的將領，在《三國演義》裡，為了襯托關羽，功勞被奪走不說，竟當了抱頭鼠竄的無用之人，真是冤啊！劉備、關羽、張飛「三英戰呂布」是《三國演義》第五回中的大場面。話說華雄被殺後，董卓起兵二十萬，在虎牢關前迎戰袁紹派來的八路義軍。董卓義子呂布神勇無比，八路諸侯的部將與之

交手，非死即傷，全部都敗下陣來。在公孫瓚差點被呂布殺掉時，張飛站出來，擋住呂布，之後關羽和劉備也加入戰局，四人大戰了幾十回合，不分勝敗，呂布便退回關去。

這是《三國演義》整部小說當中，劉關張三結義聯手作戰僅有的一次。之後劉備慢慢往主公之路發展，很少再揮舞他的雙股劍；而關、張二人雖然不斷有動作場面，不過隨著劉備集團聲勢愈來愈大，兩人被賦予的任務也愈重，各統領一方，兄弟也再沒有聯合起來動手的機會了。「三英戰呂布」這個橋段，與其說是要顯露初出茅廬的劉關張有多麼神勇，倒不如說是要讓超級戰將呂布和小說主角群有一個交手的機會。畢竟按照千百年來史書中對關、張「世之虎將」的記載，以及現代電腦遊戲中，二人武力指數動輒近百的設定來看，劉備本來就不以勇武著稱，也還罷了，關張兩人打一個，就算打贏也不光彩。

但很遺憾的，「三英戰呂布」這個橋段，是羅貫中虛構出來的，純屬子虛烏有。劉備這個時候，人根本不在洛陽外圍，也還沒參加反董卓聯軍。當時幽州太守公孫瓚雖然響應討董，但是實際上並沒有起兵參加，劉備也還沒到公孫瓚那裡去投靠，這時

候還因為討黃巾賊的軍功，擔任下密（今山東省昌邑市東）、高唐（今山東省高唐）的縣尉（警察局局長）和縣令。劉、關、張人既然不在場，又怎麼能在各路諸侯面前來場「三英戰呂布」呢！

破關兵三英戰呂布

與其說是展現劉關張的武勇，不如說是為了給劉關張與超級戰將呂布一戰的機會。

33

孫堅得到傳國玉璽
只是一場誤會？

次日，孫堅來辭袁紹曰：「堅抱小疾，欲歸長沙，特來別公。」紹笑曰：「吾知公疾：乃害傳國璽耳。」堅失色曰：「此言何來？」紹曰：「今興兵討賊，為國除害。玉璽乃朝廷之寶，公既獲得，當隊眾留於盟主處，候誅了董卓，復歸朝廷。今匿之而去，意欲何為？」堅曰：「玉璽何由在吾處？」紹曰：「作速取出，免自生禍。」堅指天為誓曰：「吾若果得此寶，私自藏匿，異日不得善終，死於刀箭之下！」

《三國演義》第六回

之前我們提到，「溫酒斬華雄」史無其事，真正殺華雄的勇將，是小說裡被華雄打得七零八落的長沙太守孫堅。在這裡我們要繼續說《三國演義》在第六回裡，給史稱「忠烈」的孫堅安排的一場「匿璽背約」冤案。

話說董卓挾天子遷都長安，孫堅率先攻入洛陽，派兵祭掃漢室宗社與宮殿，設軍帳（臨時指揮所）於建章殿上。忽得左右來報：殿南一井中發現一具女屍，雖然死去已經一段時日，屍體竟然沒有腐爛，頸部掛著一個錦囊，取出一看，裡面是一個金質小匣，裝著一方玉璽，刻有篆字「受命於天，既壽永昌」。孫堅馬上明白：這是以戰國時代和氏璧刻成、

由秦相李斯雕篆的傳國玉璽。傳說得到玉璽者，就有當上皇帝的可能。孫堅起了私心，想獨吞玉璽，於是立刻向聯軍主席袁紹請病假回老家。袁紹哪裡肯信？說：「你哪有什麼病？我看，你是得了玉璽病吧！」雖然因為孫堅信誓旦旦說沒拿玉璽，袁紹不得不讓孫堅離去，但暗地裡唆使荊州牧劉表於孫堅歸程半途截擊，以奪回玉璽。在這段三國版的「奪寶傳奇」裡，把孫堅形容成一個因私心而背棄討伐董卓盟約的小人，並且埋下日後他被劉表大將黃祖射殺的伏筆。

考察史實，孫堅退出聯軍，與他得到玉璽與否無關，而很大部分跟他的後台袁術扯後腿，以及聯軍各懷

異志有關。《後漢書》稱：孫堅擊敗董卓軍，攻入洛陽後，有人向袁術進言：「如果讓孫堅得到洛陽，袁公就不可能再制約他了，這等於是才剛趕走了野狼，又迎來了老虎呀（堅若得雒，不可復制，此為除狼而得虎也）。」袁術起了疑心，所以停發孫部軍糧。孫堅知道這件事，連夜趕回袁術的總部，很嚴厲的詢問他是何居心？袁術心虛，只得補發軍糧了事。但討董聯軍這時已經氣勢衰竭，大家藉口也用得差不多，互相只想先消滅對方（外托義兵，內圖相滅），於是軍事行動無疾而終，東漢末年由董卓亂政轉為軍閥割據的局面，由此開始。

至於「孫堅得到傳國玉璽」這一傳說，眾說紛紜。韋曜的《吳書》肯定這個說法；替《三國志》注釋的裴松之則認為不確實。他說：「孫堅在起事的各路諸侯裡，最有忠烈之稱，假如他得到了傳國玉璽，卻隱匿不說，這可是私懷著當皇帝的野心啊，那還能說他是忠臣嗎？（若得漢神器而隱匿不言，此為陰懷異志，豈所謂忠臣者乎？）」而且，倘若孫堅得到玉璽而私藏起來，那麼後來孫權建立的吳國，必定以此為國之重寶，可是遍查史料，並沒有相關記載，況且西晉滅吳，孫皓投降時，也沒有交出玉璽的記錄。（小說裡孫策以玉璽擔保向袁術借兵，其實並無其事。）所以，孫堅的「奪寶傳奇」，可能真的只是傳說而已！

《三國演義》中曾提到孫堅一度獲得傳國玉璽。

董卓跟呂布眞是因貂蟬的「美人計」反目嗎？

> （王）允跪而言曰：「百姓有倒懸之危，君臣有累卵之急，非汝不能救也。賊臣董卓，將欲篡位：朝中文武，無計可施。董卓有一義兒，姓呂，名布，驍勇異常。我觀二人皆好色之徒，今欲用『連環計』：先將汝許嫁呂布，後獻與董卓：汝於中取便，諜間他父子反顏，令布殺卓，以絕大惡。重扶社稷，再立江山，皆汝之力也。不知汝意若何？」貂蟬曰：「妾許大人萬死不辭，望即獻妾於彼。妾自有道理。」允曰：「事若洩漏，我滅門矣。」貂蟬曰：「大人勿憂。妾若不報大義，死於萬刃之下！」允拜謝。
>
> 《三國演義》第八回

　　說起貂蟬，當眞是無人不知、無人不曉。就算沒看過《三國演義》，當過兵的男生，大多也聽過「當兵三個月，母豬賽貂蟬」這句俗語，大家都知道貂蟬是古代的大美女。貂蟬在《三國演義》裡面，可也是起到重要作用的角色，她讓董卓、呂布父子反目，還讓呂布殺了董卓，這就是我們在這一問當中要說的「美人計」。

　　話說反董義軍冰消瓦解以後，挾持皇帝自重的董卓更加肆無忌憚，禍國殃民。《三國演義》第八回中，司徒王允悲憤董卓專權誤國，卻又無計可施，於是苦思之後，和家中歌伎貂蟬定下一個連環計：先以贈送金冠名義，引呂布到府致謝，然後讓貂蟬出堂陪酒，當場迷得呂布神魂顛倒，王允並且許諾送貂蟬給呂布爲妾。隔幾日後，又邀董卓來府，送貂蟬給董卓，把老色狼給迷得冒煙。等到失望的呂布跑來質問，王允反倒說是董卓霸占了貂蟬。猴急又憤怒的呂布，在鳳儀亭和貂蟬私會，被董卓撞見大怒，擲戟刺呂布。這對色狼父子翻臉後，王允再挑撥離間，終於借呂布之手，除去董卓這個國賊。

　　這段充滿傳奇、綺麗色彩的連環計，在史實上是找不到根據的。《三國志》上找不到「貂蟬」的名字；呂布誅殺董卓，也與貂蟬的「美人計」

呂布在鳳儀亭與貂蟬私會，被董卓撞見。

無關，反倒是王允的確在董卓、呂布反目的過程中，扮演關鍵角色。王允因為和呂布是并州同鄉的關係，著意結交呂布，對待他很是親厚，呂布也投桃報李，把王允當成知己，知無不言。後來，呂布和董卓的關係出現裂縫，首先是董卓脾氣暴躁，某次因小事不順心，竟拿短戟丟擲呂布；接著，呂布和董卓府裡一名侍婢有染，唯恐事發，心虛得很。王允看時機成熟，便說動呂布除去董卓，呂布起先還有些猶豫，認為和董卓情同父子，如何能下得了手？王允回道：君侯姓呂，本來和董卓就不是骨肉，今天你尚且擔心會死在他手裡，這樣還

談什麼父子？於是呂布鐵了心要殺掉董卓。順道一提，呂布殺義父，這不是第一次。當初呂布也曾受了董卓利誘，殺害待他甚厚的義父丁原。

貂蟬在史實上沒有根據，但那名沒有留下姓名的侍婢，可能就是小說和戲曲中貂蟬與「美人計」的原型吧。

曹操憑什麼在
中原群雄中崛起？

> （曹）操領了聖旨，會合鮑信，一同興兵，擊賊於壽陽。鮑信殺入重地，為賊所害。操追趕賊兵，直到濟北，降者數萬。操即用賊為前驅，兵馬到處，無不降順。不過百餘日，招安到降兵三十餘萬、男女百餘萬口。操擇精銳者，號為「青州兵」，其餘盡令歸農。操自此威名日重。捷書報到長安，朝廷加曹操為鎮東將軍。
>
> 操在兗州，招賢納士。有叔姪二人來投操：乃潁川潁陰人，姓荀，名彧，字文若，荀緄之子也；舊事袁紹，今棄紹投操；操與語大悅，曰：「此吾之子房也！」遂以為行軍司馬。其姪荀攸，字公達，海內名士，曾拜黃門侍郎，後棄官歸鄉，今與其叔同投曹操，操以為行軍教授。
>
> 《三國演義》第十回

東漢末年，群雄並起，像曹操這樣想要平定天下的人物，在史書裡隨便數也有那麼一大把。而曹操論家世、論財力、論地盤，都不如當時的袁氏兄弟。那麼，為什麼只有曹操能夠掃蕩群雄，統一中原？曹操崛起的關鍵是什麼？

曹操能在中原群雄當中崛起，有兩個關鍵因素：第一是使民生復甦，第二是廣泛晉用人才。

在當時，諸侯們都擁兵自重，即使沒有上萬，也有成千兵馬，但是只有曹操能夠實施兵農合一的經濟體系（也就是屯田制），讓混戰後殘破的中原經濟重新恢復秩序，從而安頓統治區中的流動人口、增加農業生產。

黃巾之亂以後，華北的殘破，已經到了人口稀少、路旁有骸骨的地步，有的地方因為糧食短缺，還發生人吃人的慘劇。曹操就曾在〈蒿里行〉一詩裡哀痛的描述：「白骨露於野，千里無雞鳴」。曹操和他的幕僚們在平定青州黃巾餘黨時，注意到這群軍隊有很特別的地方：他們是一群攜家帶眷、邊耕邊戰的巨大力量。因此，在建安元年（西元一九六年），

曹操下令實施屯田制，就是參考這樣的作法，而把招降的青州軍加以編組，由官方授予耕牛、農具，平日農耕，有事作戰。這樣一來，土地有人耕作，軍糧的來源也能夠確保，這使得曹操在各路諸侯中脫穎而出。他不只是一個靠軍隊鎮壓百姓的軍閥，而是建立新秩序、讓人民不再流離失所的人物。

能夠採用屯田這種作法，和曹操能廣泛晉用人才有很大的關係。東漢的人才選拔，本來採用「察舉」制度，也就是由地方官考察，或是仕紳推薦給朝廷。但是這種管道到了後來，已經淪為世家大族把持的工具。士人的名聲遠比本身的才能重要，於是出現一大堆沽名釣譽、虛有其表之徒。為了扭轉這種風氣，曹操採用矯枉過正的辦法，也就是要求「才勝於德」。我們看他在建安十五年（西元二一〇年）頒布的〈求賢令〉，上面說道「唯才是舉，吾得而用之。」不考慮虛無飄渺的品德，只在乎有沒有解決問題的本領才幹，只要是人才，哪怕你作過「盜嫂受金」（收受賄賂，或者和兄嫂發生不倫戀）的事情，曹操照樣重用！觀察曹操手下為他出謀劃策的人物，多半個性放蕩不羈，比如郭嘉、程昱，都屬於這種類

屯田制與晉用人才是曹操崛起的要素。

型。

曹操這種作法，當然發揮了極大的成效，但是世家大族的抵制也很劇烈，所以到了曹丕當皇帝的時候，就改採陳群所建議的「九品中正制」來評鑑、選拔人才，和世家豪門妥協。而除了屯田以外，曹操的謀士為他貢獻最重要的建議，就是我們下一問當中要說的「奉戴天子」大戰略。

曹操「挾天子以令諸侯」是怎麼來的？

> 卻說曹操在山東，聞知車駕已還洛陽，聚謀士商議，荀彧進曰：「昔晉文公納周襄王，而諸侯服從；漢高祖為義帝發喪，而天下歸心。今天子蒙塵，將軍誠因此時首倡義兵，奉天子以從眾望，不世之略也。若不早圖，人將先我而為之矣。」曹操大喜。正要收拾起兵，忽報有天使齎詔宣召。操接詔，克日興師。
>
> 《三國演義》第十四回

　　漢獻帝建安元年（西元一九六年）七月，皇帝一行人好不容易擺脫董卓餘黨郭汜、李傕的控制，渡過黃河，回到首都洛陽。但這時候的洛陽，殘破不堪，根據《後漢書》記載，因為宮室被燒毀，皇帝自己三餐不繼，百官住在斷垣殘壁裡，餓死或者被亂兵殺死的，時有所聞。在這個時候，曹操聽從手下智囊毛玠、荀彧的建議，加上朝廷中董昭的幫助，在同年八月把皇帝接到自己的地盤許都，這就是「奉戴天子」的大致過程。

　　「奉戴天子」是曹操爭霸過程中所作過最重要的決定，這讓曹操從一個地區軍閥，一躍而成為全國政治舉足輕重的重要人物。有皇帝在手

上，所以要加什麼官、封什麼地、討伐哪個不聽話的諸侯，都由得曹操。他的意思經由讓自己「包養」的朝廷背書，轉眼就成了皇帝的聖旨。而當時一般人和後世對曹操這個作法的評價，簡單來說，就是「挾天子以令諸侯」。

　　其實，把落難的皇帝迎接到自己的地盤這個想法，曹操不是第一個。袁紹的謀士沮授就曾經向袁紹建議：現在我方的地盤已稍微平靜，軍隊士氣高，賢能之士都過來歸附，這時候正應該是我們到西邊去把皇帝迎來鄴城的時候啊！倘若這麼做的話，以皇帝的名義來號令天下各路軍閥，訓練兵馬來討伐那些不聽命令的人，哪個人敢抵擋？（且今州城粗定，兵強士

附，西迎大駕，即宮鄴都，挾天子而令諸侯，蓄士馬以討不庭，誰能禦之？）袁紹聽了頗心動，一時間猶豫不決，終因手下郭圖、淳于瓊等人，擔心把皇帝接來，從此就要受朝廷的約束，最後沒有動作。沮授的建議沒有付諸實現，但是他已經點出了「挾天子以令諸侯」的意義所在。

袁紹沒動作，曹操就動手了。曹操剛剛就任兗州牧，他手下的治中從事毛玠（就是《三國演義》中，當蔡瑁、張允被周瑜使反間計殺害後，接任水軍都督的那位）建議曹操「應該奉迎天子來我們這裡，然後號令那些不聽我們命令的臣子，同時要恢復農業，儲蓄軍用物資，這樣可以成就稱霸天下的事業。（宜奉天子以令不臣，修耕植，蓄軍資，如此則霸王之業可成也。）」曹操可不像袁紹那樣猶疑不決，他心底對迎接漢朝皇帝所產生的政治效益是很清楚的，於是馬上動作，上書向皇帝報告，並且在不久後，就將漢獻帝和朝廷都移來許都。

因此，我們可以清楚的知道：「挾天子以令諸侯」和「奉天子以令不臣」其實說的是同一回事。只是後

漢獻帝劉協是東漢最後一位皇帝，先後為董卓、曹操挾立，最終將皇位禪讓給魏文帝曹丕。

者是曹操對他整個大戰略的正面解讀，而前者是袁紹和許多動作慢了好幾拍的人，吃不到葡萄，所說的酸話！當然，袁紹、郭圖等人的憂慮不是完全沒有道理，奉戴天子也為曹操帶來壞處，這點我們會在後面章節裡再提到。

袁術到底是怎麼樣的人？
爲何敢稱帝？

（袁）術怒曰：「吾袁姓出於陳。陳乃大舜之後。以土承火，正應其運。又讖云：代漢者，當塗高也。吾字公路，正應其讖。又有傳國玉璽。若不為君，背天道也。吾意已決，多言者斬！」遂建號仲氏，立台省等官，乘龍鳳輦，祀南北郊，立馮方女為后，立子為東宮。

《三國演義》第十七回

我們知道曹操英雄一生，大權在握，到頭來終究也不敢篡漢稱帝。而遠在曹丕、劉備、孫權等人建立帝號二十多年之前，有位老兄卻當過一陣子的皇帝，這是怎麼一回事呢？

這位搶先當皇帝的仁兄，就是袁術。袁術的家世很好，我們之前說過袁紹家世「四世三公」，父親袁逢擔任過司空，《三國志》說袁家「勢傾天下」。袁紹還只是庶出（婢女所生），袁術卻是袁逢的嫡長子，出身比袁紹還要正宗。這也是爲什麼明明就是親兄弟，袁術卻一直看不起袁紹、不願意和他合作，反而互相攻擊的原因。

袁術靠著父祖庇蔭而能擔任官職，後來當上南陽尹。董卓爲了拉攏他，又封他爲後將軍，但是袁術認爲

和董卓合作，遲早要倒楣，於是跑回南陽。他在南陽，行事放縱，史稱袁術「奢淫肆欲，徵斂無度，百姓苦之。」可見袁術這個人，心中只顧著自己的享樂，毫不以人民爲念，當然也沒有任何「民意基礎」。

他的名聲其實很壞。曹操、袁紹很輕視他，孫策更覺得袁術是個「阿舍」老闆，早想離開他；名士孔融曾評論過袁術：「袁公路豈憂國忘家者耶？冢中枯骨，何足介意？」這段話後來被《三國演義》挪在曹操和劉備「青梅煮酒論英雄」時讓曹操說出。另外，陳登也說袁術：「公路驕豪，非治亂之主。」說得不好聽些，袁公路先生在當時，其實是被天下英雄「公幹」的。

偏偏袁術有一個致命的人格特

質：「白目」，也就是弄不清天下大勢，自我感覺良好，硬要逆天而行。他自認家世高貴，現在漢室又衰微，有讖緯說：姓袁的該當王，所以袁術覺得當皇帝的時候到了，於是就在興平二年（西元一九五年）的冬天，不聽手下勸阻僭號（建立天子名號），自己當上皇帝！袁術不當皇帝還好，一宣布即位，馬上就遭到圍剿：首先是被呂布攻破，後來又兩次遭曹操擊敗，孫策接著和他劃清界線，袁術走投無路，想把皇位送給老哥袁紹，卻在半路上病死。

漢朝很流行「讖緯」這回事。所謂讖緯，說穿了，其實就是假造的預言。這種預言，拿來騙別人可以，要是拿來唬自己，那可真就是傻了！袁術這個「白目」的皇帝夢，會在這麼短的時間內就醒來，落得個吐血身亡的下場，也不是沒有原因的。而袁術這個皇帝夢的破滅，更給當時的群雄一個鮮明的教訓：要當皇帝，需要各種條件配合，缺一不可，因此曹操終生不敢篡漢，孫權拖了又拖才即位，可能都是記取袁術失敗的經驗。

漢宋刀兵起四方長　鞏袁術太猖狂不思量去為公相伐　訣孤身作帝王強暴枉詐侍國重豺曾妄說　扇天祥滿里袁水何由浮擢卧六安惟血區亍日圍

袁術是袁紹之弟，趁亂世於淮南稱帝，因屢次兵敗，最終吐血而死。

三國歷史眞的有記載「殺妻爲食」?

> 一日，（劉備）到一家投宿，其家一少年出拜，問其姓名，乃獵戶劉安也。當下劉安聞豫州牧至，欲尋野味供食，一時不能得，乃殺其妻以食之。玄德曰：「此何肉也？」安曰：「乃狼肉也。」玄德不疑，乃飽食了一頓，天晚就宿。至曉將去，往後院取馬，忽見一婦人殺於廚下，臂上肉已都割去。玄德驚問，方知昨夜食者，乃其妻之肉也。玄德不勝傷感，灑淚上馬。
>
> 《三國演義》第十九回

《三國演義》第十九回說了一個從今日角度來看很恐怖的故事：話說呂布突然和劉備翻臉，分兵攻擊劉備的大本營小沛，劉備兵潰，獨自逃亡。到了一處山村，有獵戶叫做劉安的，殷勤招待他住下。山裡沒有好菜，那劉安卻能端出肉來，劉備問：這是什麼肉？劉安說是狼肉。第二天劉備在廚房，卻看見一位婦人的屍體，方才省悟：昨晚劉安竟是殺了自己的妻子，取臂上的肉來給自己吃！

這段劉安「殺妻爲食」的可怕故事，其用意是在彰顯劉備「眞命天子」以及《三國演義》男主角的身分，連隨便一處山村裡的獵人，都願意殺了自己的妻子，獻給未來的明君，換取一頓飽餐充飢！眞命天子命不該絕，類似的情節，到了第三十四回又上演一次：劉備在劉表處遭到蔡瑁等人的陷害，慌忙逃出襄陽城，來到城西一條小溪前。他的坐騎是據說會妨害主人的名駒「的盧」，在後有追兵的時候果然發揮「妨主」特色，突然陷入溪中。就在劉備有死無生的關鍵時刻，「那馬忽從水中湧身而起，一躍三丈，飛上西岸。玄德如從雲霧中起。」小說再一次告訴讀者，男主角（或者眞命天子）不管遇上任何倒楣事，都能如有神助，化險爲夷。

歷史上的劉備，雖然確實曾被呂布所敗，但從沒有擔綱演出過前面所述這麼恐怖的三國版「人肉叉燒包」。倒是我們前面提到過的臧洪，

興平二年（西元一九五年）被袁紹圍困在東武陽時，曾經上演過「殺妻為食」這樣一幕人間悲劇：據《後漢書・臧洪傳》記載：當時城中糧食已經吃完，甚至連老鼠都抓盡了，臧洪咬牙把心一橫，把自己的愛妾殺了給守城士兵分食。將士們知道這肉的來歷，都悲傷痛哭，沒辦法抬頭正眼看臧洪（紹兵圍洪，城中糧盡，洪殺愛妾，以食兵將，兵將咸流涕，無能仰視。）而最後終於城破，臧洪赴死。天下動亂，生靈塗炭，像這類糧盡食人肉的慘劇，歷史上屢屢重演。英雄烈士的聲名，是以無數的血肉屍體堆疊起來的，讀到臧洪殺妻為食這樣的故事，又怎麼能不令我們掩卷嘆息呢！

劉備被《三國演義》塑造為真命天子，屢次遭難都能化險為夷。

漢獻帝眞的應該叫
劉備皇叔嗎？

（漢獻）帝排世譜，則玄德乃帝之叔也。帝大喜，請入偏殿敘叔姪之禮。帝暗思：「曹操弄權，國事都不由朕主，今得此英雄之叔，朕有助矣！」遂拜玄德爲左將軍、宜城亭侯。設宴款待畢，玄德謝恩出朝。自此人皆稱爲劉皇叔。

《三國演義》第二十回

　　我們前面說過，指責曹操是意謀篡漢的奸賊，標榜自己爲「中興漢室」奮鬥，是劉備強而有力的政治號召。更有說服力的是，劉備並不是碰巧姓劉，而是西漢景帝劉啓第七個兒子劉勝的後裔。這也就是說，劉備和現在東漢皇室是有親戚關係的（東漢的創建者光武帝劉秀，同樣也是景帝第六子長沙王劉發的後代）。所以，日後曹丕篡漢，劉備就堂而皇之的稱帝，宣布繼承漢統了。

　　小說中提到：劉備到許都投奔曹操，曹操帶劉備去見皇帝，皇上問他祖上是什麼人？劉備回奏，他乃是中山靖王劉勝的後代。皇帝聽了很高興，就命令宗正卿（皇室事務廳長）宣讀查到的族譜檔案如下：「孝景皇帝生十四子。第七子乃中山靖王劉勝。勝生陸城亭侯劉貞。貞生沛侯劉昂。昂生漳侯劉祿。祿生沂水侯劉戀。戀生欽陽侯劉英。英生安國侯劉建。建生廣陵侯劉哀。哀生膠水侯劉憲。憲生祖邑侯劉舒。舒生祁陽侯劉誼。誼生原澤侯劉必。必生潁川侯劉達。達生豐靈侯劉不疑。不疑生濟川侯劉惠。惠生東郡范令劉雄。雄生劉弘。弘不仕。劉備乃劉弘之子也。」不但從劉勝到劉備之間每代都清清楚楚，而且論起輩分來，皇帝還小劉備一輩，事情眞是這樣嗎？

　　很抱歉，正史上的劉備身世輩分，根本不像小說裡那樣清楚。既然《三國志·先主傳》中說，劉備是漢景帝第七子劉勝的後裔，那我們就來查考一下劉勝這一支的歷史。話說景帝劉啓有十四個兒子，嫡子（皇后生

的長子）就是大名鼎鼎的漢武帝劉徹，武帝的弟弟劉勝封在中山這個地方，所以又叫中山王。劉勝貪酒又好色，娶了一堆老婆，生有一百二十多個兒子，其中有一個叫劉貞，被封為陸城侯。但是在漢武帝元鼎五年（西元前一一二年）的時候，發生了一件震動朝野的「酎金案」。所謂「酎金」，指的是天子祭拜祖先，各諸侯要分擔的祭祀費用。武帝指責包括劉貞在內的侯爵們貢上的酎金成色不好、分量不足，把他們的爵位都給罷黜、封地也奪還朝廷。所以，劉貞這一支皇室後代，從他本人開始，就已經淪為平民，中間傳承都無法查考，又怎麼能夠像小說裡那樣，每一代的姓名都可以在皇帝的檔案庫裡找到呢？難怪元朝時幫《資治通鑑》作注的胡三省就說，劉備從祖父以上的世系都「不可考」！

劉備是漢景帝第七子劉勝的後裔，被漢獻帝稱為「劉皇叔」，並在東漢滅亡後，以此繼承漢統，立國號為「漢」。

47

曹操為什麼要當面說
劉備是英雄？

（曹）操曰：「夫英雄者，胸懷大志，腹有良謀；有包藏宇宙之機，吞吐天地之志者也。」玄德曰：「誰能當之？」操以手指玄德，後自指曰：「今天下英雄，惟使君與操耳。」玄德聞言，吃了一驚，手中所執匙箸，不覺落於地下。時正值天雨將至，雷聲大作。玄德乃從容俯首拾箸曰：「一震之威，乃至於此。」操笑曰：「丈夫亦畏雷乎？」玄德曰：「聖人云：『迅雷風烈必變』，安得不畏？」將聞言失箸緣故，輕輕掩飾過了。操遂不疑玄德。

《三國演義》第二十一回

　　話說劉備在許都，參加了車騎將軍董承等人謀畫的「衣帶詔」剷除曹操密謀，為了不被曹操懷疑，整天在家裡挑水種菜。有天關、張出城打獵，曹操突然找他喝酒聊天，劉備雖然心中害怕，也只好硬著頭皮去了。原來曹操只是心情不錯，想找劉備談天說地。曹操問劉備，當今天下，使君覺得誰是英雄啊？心虛的劉備隨口胡扯，提名了一堆政治人物，從袁術、劉表到孫策，都被曹操搖頭否決了。最後，曹操正色對劉備說：天下的英雄，就我們兩個呀！劉備大驚失色，手中筷子落在地上，還好他反應夠快，用打雷當藉口，掩飾過去，這就是《三國演義》中，正反派男主角

合力演出的知名片段——「青梅煮酒論英雄」。

　　這段故事是於史有據的，《三國志・先主傳》記載：劉備被呂布擊潰以後，跑來投靠曹操，很受曹操禮遇（禮之愈重），不但幫助他重組軍隊，還以朝廷名義封他當左將軍，兼領豫州牧。但劉備暗中參加董承等人刺殺曹操的密謀，卻遲遲沒有發動（先主未發），就在這時候，某次聚餐時，曹操對他說：「當今天下稱得上是英雄的，就你跟我兩個人了！至於袁紹那些傢伙，算不上什麼人物。（今天下英雄，唯使君與操耳。本初之徒，不足數也。）」劉備嚇了一大跳（先主方食，失匕箸），也因此，

他趕緊找機會離開許都，從而避免了密謀事敗，和董承等人一起被殺的命運。

曹操為什麼要當面告訴劉備他是英雄？如果曹操察覺到劉備有野心，這樣當面把心中的盤算說出來，不是很「瞎」的一件事嗎？曹操如此有心機的一個人，會這麼坦誠直接的告訴劉備，你就是我爭霸天下的勁敵？

據推測，曹操的動機有兩個可能：第一是鼓勵自己，第二是拉攏劉備。要知道當時曹操處在何種環境：北有袁紹，南有袁術、呂布，西邊則有關中軍閥，自己雖然奉戴天子，但是夾處在列強之間，岌岌可危。曹操話裡提到了當時他的大敵袁紹，正是因為袁紹據有河北四州，兵強馬壯，而比起來曹操則弱小得多。可是曹操已經看出來，袁紹本錢雖然多，卻沒有他懂得經營，所以他這番話是給自己打氣：我曹操是個英雄！袁紹不是個「咖」！不要怕他！

那曹操為什麼又要「牽拖」劉備，說他也是英雄呢？我們知道劉備投靠曹操以來，曹操無論是出門搭車，還是室內開趴，都要拉劉備一起（出則同輿，坐則同席）。劉備在當時，還是個既無地盤，也沒有聲望的政治人物，但是劉備不是個簡單角色這一點，卻是當時很多人的共識。如果連公孫瓚、袁紹、劉表都看得出來，曹操又怎麼會不知道？曹操想藉著捧高沒有軍隊、地盤的劉備，拉攏他成為得力助手，再不然，也可以當作軍事上的盟友。無論是曹操還是劉備，當然都不可能未卜先知，料得到幾年之後，劉備請得諸葛亮出山相助，有了地盤軍隊，真的成了曹操爭天下的大敵！

曹操邀劉備品評天下英雄。

曹操真的答應
關羽投降的三個條件？

（關）公曰：「吾有三約。若丞相能從，我即當卸甲；如其不允，吾寧受三罪而死。」（張）遼曰：「丞相寬洪大量，何所不容。願聞三事。」公曰：「一者，吾與皇叔設誓，共扶漢室，吾今只降漢帝，不降曹操；二者，二嫂處請給皇叔俸祿養贍，一應上下人等，皆不許到門；三者，但知劉皇叔去向，不管千里萬里，便當辭去；三者缺一，斷不肯降。望文遠急急回報。」

《三國演義》第二十五回

《三國演義》第二十五回上演了一齣「屯土山關公約三事」的戲碼：先是劉備在小沛被曹操擊潰，下落不明；曹操接著進攻下邳，關公出城迎戰，中了曹軍的埋伏，被打敗，回城的路又被截斷，只能整頓殘兵退到一座土丘上。曹操知道關公因曾救過張遼性命，兩人交情不淺，於是派張遼來勸降。關公對張遼說，要投降可以，但曹丞相必須同意他提出的三條件：降漢不降曹、保護劉備兩位夫人、答應他只要得到劉備消息，隨時可以離去。曹操都同意了，於是關公便進城投降。

關羽的確曾經投降曹操，但是他是否真的是開了上面這三個條件，才肯投降呢？由於小說中張遼勸關公投降的說詞裡，有「可保二位夫人」的

事不兩全須果決舍生取義
古來無折將一死存劉祠
輕重分明女丈夫
肖史

糜夫人也與關羽一起被曹操所俘。

說法，我們的探索也須從當時劉備的甘、糜兩位夫人所在地說起。

先看《三國志‧先主傳》，當中說「（建安）五年，曹公東征先主，先主敗績。曹公盡收其眾，虜先主妻子，並擒關羽以歸。」再看〈武帝紀〉中的記載：「（劉）備走奔（袁）紹，（曹操）獲其妻子。備將關羽屯下邳，復進攻之，羽降。」史書記載的意思很清楚：劉備的兩位夫人，此時並不在下邳城中，因為在劉備與曹操兩篇傳記裡，曹操都是先俘獲劉備的夫人，才攻打關羽的。如此看來，關羽以保護兩位皇嫂而只好委身曹營的理由，便不存在了。因此，所謂屯土山約定三條件之說，應該也是虛構。

再說，當時曹操是漢朝丞相，掌握朝政，他代表的政權，合法性和正當性都比劉備還高。就算關羽真的想「降漢不降曹」，那也只是自我安慰的想法罷了。不過，要說關羽敗後，是無條件投降曹操，卻也未必盡然。我們看日後關羽從前線投奔袁紹陣地以尋找劉備，曹操並未阻擋這件事來看，

曹操和關羽之間，似乎是達成某種默契的，那就是小說中所說的第三項約定：無論有多遠，只要一打聽到劉備的消息，關羽就可以馬上離開曹營。這種默契能夠達成，當然關羽的忠義令人欽佩，同時也是曹操愛才之心和闊達大度才會答應的！

關羽的忠義令人欽佩。

赤兔馬真的
馳騁沙場二十年？

（曹）操令左右備一馬來。須臾牽至。那馬身如火炭，狀甚雄偉。操指曰：「公識此馬否？」（關）公曰：「莫非呂布所騎赤兔馬乎？」操曰：「然也。」遂並鞍轡送與關公。關公再拜稱謝。操不悅曰：「吾累送美女金帛，公未嘗下拜；今吾贈馬，乃喜而再拜：何賤人而貴畜耶？」關公曰：「吾知此馬日行千里，今幸得之，若知兄長下落，可一日而見面矣。」

《三國演義》第二十五回

在三國時代眾多登場的英雄豪傑中，要問最具知名度的「非人類」，大概非先後屬於猛將呂布、關羽坐騎的赤兔馬莫屬了！

赤兔馬在三國時代是確實登場的角色，並非虛構。裴松之引《曹瞞傳》中說：「時人語曰，人中有呂布，馬中有赤兔。」呂布勇猛，天下皆知；把赤兔馬和呂布相比，可見此馬在當時即具盛名。

在羅貫中的《三國演義》裡，赤兔馬被進一步形容為原產自西域、「日行千里」的汗血寶馬，非但駿秀，而且個性還很高傲（非英雄不能馴服）。曹操擒殺呂布之後，赤兔馬自然落入曹操的手中，赤兔馬也因此在當時中國的政治中心——許都短暫停留了一小段時間。關羽兵敗後與劉備失散，投降曹操時，為了留住這名猛將，曹操把赤兔馬賞賜給了關羽，赤兔馬當然也就成為關雲長後來「千里走單騎」、過五關斬六將、投奔劉備時的代步工具了。赤兔馬後來在第五十三回中，描寫關公南征長沙時又再度登場。小說中最後一次提到赤兔馬，是在第七十六回，關公敗走麥城時，與關公父子一併被吳將潘璋的絆馬索擒獲，在東吳俘虜營中，非常有義氣的不食草料，絕食而死。赤兔馬的一生，和關公的事業成敗，有如此緊密的聯繫，因此台語有句俚語「胭脂馬遇上關老爺」，拿來比喻感情路上「一個蘿蔔一個坑」，有緣來逗陣的意思。

如果照《三國演義》當中赤兔馬的出場年代推論，有沒有可能在正史當中，關羽最後敗走麥城，爲東吳所擒時，坐騎仍然是當初這匹「馬中赤兔」呢？

依照《三國志‧呂布傳》的記載，呂布被曹操擊敗後斬殺，時爲獻帝建安四年（西元一九九年），赤兔馬當時已經是呂布坐騎，顯然是一匹成馬，年齡應有二至三歲；曹操不久後，把牠送給關羽，以爲籠絡。隔年（西元二〇〇年），關羽騎著牠離開曹營，投奔劉備，直到二十年後，關羽在北伐戰役中，遭受曹魏和東吳兩面夾擊，敗走麥城，最後在今湖北省界試圖往益州（今四川省）潛行時，被吳軍擒獲。如果赤兔馬此時仍然是關公坐騎，應該已經有二十多歲了！馬的年齡，受到環境、飲食（飼料）等等條件的影響，今天一般成馬的平均年齡爲二十到二十五歲，一千八百多年前，軍用馬的食料與飼養環境，應該更受限制。換句話說，即使赤兔馬這時候還能勉強效命於軍旅，牠也是匹退役老馬，大概沒有辦法再馳騁疆場了！赤兔馬在《三國演義》中的結局，可能只是小說家的想像而已。

赤兔馬被認爲是汗血寶馬，圖爲「昭陵六駿‧特勒驃」，特勒驃傳聞就是突厥贈送給唐太宗的汗血寶馬。

其實根本沒有「過五關斬六將」

關公所歷關隘五處，斬將六員。後人有詩歎曰：「掛印封金辭漢相，尋兄遙望遠途還。馬騎赤兔行千里，刀偃青龍出五關。忠義慨然沖宇宙，英雄從此震江山。獨行斬將應無敵，今古留題翰墨間。」

《三國演義》第二十七回

關公毅然掛印封金、離開曹營，千里迢迢護送兩位嫂嫂到河北投奔劉備，中間歷經各種艱難險阻，途經曹操的地盤，闖過五處關隘，斬了阻擋關公前進的六名守將。渡過黃河，又聽說劉皇叔已經離開袁紹，到汝南和劉辟會合去了，於是關公一行人只好轉道汝南。終於在古城和張飛、劉備相會，三結義又聚在一起。以上這段故事，是關公「義薄雲天」人生的重要組成部分，也是《三國演義》第二十七回裡渲染得活靈活現的一段「過五關斬六將」。

關羽的確是毅然放下曹操的重賞厚待，而重回劉備陣營。可是這段「過五關斬六將」的描述，純屬小說的虛構。關羽要投奔故主，曹操並未阻止。《三國志·關羽傳》記載：關羽離開曹營時，曹操部下想要追截他，曹操勸阻道：「彼各為其主，勿追也。」這就表示，關羽一路上沒有

關羽被視為忠義的代表，已經神格化。

過五關斬六將是關羽最有名的場景，但純屬小說家的虛構。

被攔阻，因為他的離開，是曹操許可，下令放行的，當然不可能有追兵，也不會有把守關口的守將，拿自己的腦袋和關老爺的大刀過不去了！這段歷史，世人多讚美關羽的義重如山，其實要不是有曹操氣度恢宏來美成其事，這段故事也不能完滿，所以裴松之評論道：曹操實在具有王者的氣度（王霸之度）。

可是比對歷史，我們還有疑問：關羽是從哪裡出發投奔劉備的？又在哪裡和劉備會合？關於關羽從何處出發，史書上有兩種說法：一是許都到汝南，另一個說法是從官渡前線直接「投敵」。第一種說法見於《三國志‧先主傳》，建安五年七月（西元二〇〇年）袁紹與曹操正相持於官渡，在劉備建議下，袁紹派他前去汝南開闢游擊戰場，從後方騷擾曹軍，

大約在這時候，關羽從許都到汝南投奔劉備；第二種說法則是在同年四月，關羽隨軍直接從官渡前線投奔位於陽武的袁紹總部，與劉備會合，這種說法，見於《三國志‧關羽傳》和〈武帝紀〉。兩種說法，歷代史家似乎比較傾向後面那種，即關羽在前線上演尋兄記，因為兩軍隔河對峙，若是得到曹操的允許，關羽從前線到劉備那去，時機和距離上都比較合理。而當時曹操與袁紹正在官渡對峙，又怎麼可能在戰雲密布、殺得不可開交之時，還連派手下大將夏侯惇、張遼前來放行？

廖化年過七十
還上戰場是真的嗎？

忽見山頭一人，高叫：「關將軍且住！」雲長舉目視之，只見一少年，黃巾錦衣，持槍跨馬，馬項下懸著首級一顆，引百餘步卒，飛奔前來。公問曰：「汝何人也？」少年棄槍下馬，拜伏於地。雲長恐是詐，勒馬持刀問曰：「壯士，願通姓名。」答曰：「吾本襄陽人，姓廖，名化，字元儉。因世亂流落江湖，聚眾五百餘人，劫掠為生。恰才同伴杜遠下山巡哨，誤將兩夫人劫掠上山。吾問從者，知是大漢劉皇叔夫人，且聞將軍護送在此，吾即欲送下山來。杜遠出言不遜，被某殺之。今獻頭與將軍請罪。」

《三國演義》第二十七回

所謂「蜀中無大將，廖化作先鋒」，意思是人才缺乏，只能派「B咖」來充數。在《三國演義》裡，後期的蜀漢，猛將已經凋零殆盡，倒是我們這位廖化還不斷的當先鋒。神奇的是：廖化的任務出不完！從第二十七回結識關公，廖化正式登場，在這裡介紹他是黃巾餘黨，那麼年紀至少也有二十來歲。後來廖化投奔關公，成為帳下大將，隨關公攻打樊城。在第七十六、七十七回時，關公兵敗，廖化奉命求救，先到上庸，後又回西川，因此逃過一劫。孔明北伐，廖化也在軍中擔任副將，摘過司馬懿的金盔；甚至到了第一一五回，廖化還替

姜維鎮守漢中！到了一一九回，蜀漢滅亡，姜維假投降失敗，廖化、董厥託病不出。蜀漢滅亡是在西元二六三年，關公「過五關斬六將」之事約發生在西元二〇〇年，那麼這時候的廖化，也該有八、九十歲了。雖然說廖化在小說中是個不受重視的配角，但是卻意外的獲得了長壽！

廖化在《三國志》裡沒有傳，但是有段簡單的生平介紹附於〈宗預傳〉之後。廖化本名淳，字元儉，擔任前將軍關羽的主簿（文職參謀）。荊州失陷，廖化也被迫投降東吳，但是他始終「思歸先主」，用現在的話說，就是「孫皮劉骨」，於是他「詐

死」，而且騙倒了周遭的人（時人謂爲信然），他趕緊帶老母親日夜往西趕路，剛好在秭歸和率軍東征的劉備相遇，劉備見到他很高興（先主大悅），這就算是歸隊了。諸葛亮北伐時，廖化擔任丞相參軍（首相軍事顧問），之後升官至右車騎將軍。蜀漢滅亡後，廖化和宗預等老臣，都被送往洛陽，廖化在途中病逝。史書上說：廖化以勇敢果決著稱（以果烈稱），看來他並不是無能之輩。

　　不過「廖化作先鋒」還有另一層意思：蜀漢的人才銜接有了嚴重的斷層，本土（益州）人才很難獲得重用，以至於像廖化這樣一把年紀的外省（荊州）老先生，還必須披掛上陣！〈宗預傳〉裡說：諸葛亮的兒子諸葛瞻剛執掌政務時，廖化去拜訪宗預，想約他一起去見諸葛瞻。宗預拒絕，說道：「得了吧廖兄，我們年紀都七十好幾（吾等年逾七十），官作得也很夠本了（所竊已過），何必還要汲汲營營去小輩家拜訪求官呢？（何求於年少輩而屑屑造門耶？）」從這條史料看來，無論是正史還是演義小說裡，廖化無疑都是蜀漢的長青樹呢！

廖化年過七十還披掛上陣。

周倉是虛構的，關平其實是關羽親生兒子！

當我們走進關帝廟正殿，都會看見在主神關聖帝君神像的兩側，立著兩尊陪祀的塑像，左側那位手捧符印，面如冠玉，是關平；右側那位，鐵鬚銀齒，黑面朱唇，持青龍偃月刀侍立，是周倉。

關平與周倉的初登場，都見於《三國演義》第二十八回：關公過五關斬六將、千里走單騎，終於與劉備重逢，來到關莊這地方，莊主關定仰慕關公為人，將次子關平送與關公做義子；同時關羽又收下黃巾餘黨周倉，於是成為他馳騁沙場的核心幹部：關平是義父的行程顧問，個性冷靜小心，在關公被冷箭所傷時將他救下；周倉是關公的侍衛長，又熟水性，單刀赴會，和關公演雙簧；襄樊之戰，泗水擒獲曹將龐德。兩人忠心耿耿，一直護衛關羽，直到敗走麥城，關平與父親同時被擒，周倉則自刎殉主。

演義中關平為關羽的義子，史實中其實是關羽親子。

58

不過在正史的記載，則有所出入。關平其實是關羽的親生兒子，而周倉則史無其人。關於關平的記載，只見於《三國志・關羽傳》短得可憐的一行話：「（孫）權遣將逆擊羽，斬羽及子平於臨沮（今湖北省襄樊市南漳縣）。」古人對親生領養的定義很明確，說養子，必定用「假子」或「義子」來稱呼，如果只寫「子平」，則關平是關羽親子這件事情，應該沒有疑問。正史上關羽有二子：長子關平隨父親戰死，次子關興繼承

父親的爵位，至於小說以及民間傳說當中還有三子關索，則是虛構，我們以後還會提到。小說中關平的親生父親關定，當然也是史無此人；《三國演義》為什麼把關平的身分由親生改成領養，可能是為了呼應劉備也收了一位養子劉封的緣故。至於周倉這個虛構角色的創造，大概是傳統小說中，英雄主人翁都需要有忠心的僕從，如小說《說岳》裡面，岳飛元帥不是就有「馬前張保，馬後王橫」嗎？

周倉是《三國演義》中的人物，正史無其人。圖左下為周倉，持青龍偃月刀侍立。

趙雲與劉備的
古城重逢是眞是假？

玄德曰：「吾初見子龍，便有留戀不捨之情。今幸得相遇！」（趙）雲曰：「雲奔走四方，擇主而事，未有如使君者。今得相隨，大稱平生。雖肝腦塗地，無恨矣。」

《三國演義》第二十八回

潦倒困頓的劉備，在古城不但和關、張二弟重逢，還收了趙雲，實力如虎添翼。在本回之前，劉備和趙雲曾經見過幾次面，趙雲的初登場是在小說第七回，當時劉備經公孫瓚的介紹，和趙雲相見，當時見到趙雲英勇，就有了惜才之心；而趙雲見劉備英明仁義，也有效勞之意。第十一回中，劉備更向公孫瓚商借麾下的趙雲抵擋曹操，這就是「借趙雲」的橋段。從小說之中看來，趙雲和劉備早在古城重逢之前，就已經完成「試用期」，並且簽好「加盟意向書」了。

小說中因爲刻意提高趙雲角色、增加趙雲戲分，因此頗多虛構之處。那麼，趙雲在正史上加入劉備陣營前有什麼遭遇呢？

趙雲是在建安五年（西元二〇〇年）到鄴城加入劉備陣營的。在這之前，我們從《三國志》以及裴松之注文引用的史書中，把有關趙雲活動的記載爬梳一番，整理如下：初平二年（西元一九一年），趙雲受本郡（河北常山）所推舉，帶領義兵數百人，參加公孫瓚部；本年年底，劉備也前來投靠公孫瓚，因此可認定趙雲此時就認識劉備，因爲不久以後，公孫瓚就派遣劉備前往青州抵禦袁紹，並派趙雲擔任騎兵隊長。之後趙雲似乎長期駐守青州，或在附近地區作戰。興平元年（西元一九四年），趙雲因爲兄長過世，向公孫瓚告假，劉備心中知道，趙雲此去就不會再回來歸隊了，送行之際，握住他的手不肯放，趙雲心中感激，向劉備說：「我不會辜負使君的恩德的（終不背德也）。」後來劉備在徐州被曹操擊潰，逃奔袁紹，趙雲知道消息後，果

然前來投靠。劉備這時候又使出他爭取向心的大絕招：與趙雲同床而眠，並且讓趙雲以劉備的名義，背著袁紹私下招募兵馬，趙雲當然也就成為劉備的死忠部下了。

因此，看來小說裡趙雲和劉備重逢、加入劉備陣營的時間並沒有錯，但是地點則被羅貫中移花接木，挪到了古城附近。

趙雲在演義中初登場，是在公孫瓚麾下抗擊袁紹，一槍刺死麴義。

十一萬對二萬，
官渡之戰袁紹爲何會失敗？

曹操探知袁紹兵動，便分大隊軍馬，八路齊出，直衝紹營。袁軍俱無鬥志，四散奔走，遂大潰。袁紹披甲不迭，單衣幅巾上馬；幼子袁尚後隨。張遼、許褚、徐晃、于禁四員將，引軍追趕袁紹。紹急渡河，盡棄圖書車仗金帛，止引隨行八百餘騎而去。操軍追之不及，盡獲遺下之物。所殺八萬餘人，血流盈溝，溺水死者不計其數。

《三國演義》第三十回

袁紹捨命而走。正行之間，右邊曹洪，左邊夏侯惇，擋住去路。紹大呼曰：「若不決死戰，必爲所擒矣！」奮力衝突，得脫重圍。袁熙、高幹皆被箭傷。軍馬死亡殆盡。紹抱三子痛哭一場，不覺昏倒。眾人急救，紹口吐鮮血不止，歎曰：「吾自歷戰數十場，不意今日狼狽至此！此天喪吾也！汝等各回本州，誓與曹賊一決雌雄！」

《三國演義》第三十一回

　　前面說過，董卓倒台以後，華北群雄混戰的局面，最後由曹操和袁紹脫穎而出。袁、曹兩雄以黃河爲界對峙，曹操以兗州、豫州爲大本營，就是今天的河南、山東一帶，地勢低平，四面都有敵人環伺；袁紹則擁有冀、幽、青、并四州，兵力強大，謀臣眾多。自從天子被曹操迎走，袁紹慢了一步，悔恨不已，之後就一直在整軍備戰，想消滅曹操。

　　官渡戰役，這場決定袁紹與曹操命運的超關鍵之戰，就在建安五年（西元二○○年）二月爆發了。

　　先說雙方的陣容和兵力：雙方的主帥都親自出馬，袁紹這邊，兵力爲十一萬人，大將有張郃、顏良、文醜、高覽、淳于瓊等人，謀士則有許攸、郭圖、沮授等，還有劉備以「助拳人」的身分，帶領張飛、趙雲等人參戰；曹操這邊呢？總兵力還不滿兩萬，郭嘉是參謀長，大將有夏侯惇、張遼、曹仁、于禁等，另外，被曹操

俘虜而投降的關羽也在陣中。比起來，曹操的兵力明顯居於劣勢，氣勢上也矮了袁紹一截。

可是曹操用兵靈活，彌補了兵力上的劣勢。為了避免南、北兩面作戰，曹操出其不意，先打垮在徐州的劉備軍團（就在這時候俘虜了關羽），劉備逃奔袁紹。接著，當袁紹大軍渡過黃河，圍攻只有七百守軍的白馬時，曹操佯裝要在延津渡河，只用六百精銳擊退劉備、文醜帶領的五千騎兵，再突然以騎兵回救白馬，關羽斬殺了袁軍大將顏良。然後曹軍退兵到預設的戰場官渡。

袁紹兵多將廣，竟然老是吃癟，於是放棄包圍白馬，進軍到官渡和曹操決戰。戰爭進入僵持階段，雙方各有勝負，但戰線並沒有移動。於是袁紹部隊堆起土山，居高對曹軍射箭，曹軍後來用石彈反擊；袁軍又挖地道，想從地下偷襲曹營，曹軍乾脆在營區外挖起一條大深溝，想打地道戰的袁軍只能望溝興嘆。

就這樣，雙方從四月一路苦戰到八月，不要說是將士們人困馬乏，曹操自己也已經快要撐不下去，他寫信給留守許都的荀彧，透露自己有想撤回許都的打算。荀彧回信，極力鼓勵曹操，他說：主公現在是以至弱抵擋袁紹的至強，如果您不能打敗他，

沮授是袁紹的謀臣，在官渡之戰多次向袁紹獻策而不納。

就是被他打敗（若不能制，必爲所乘）。何況，袁軍雖有人多的優勢，主帥袁紹卻不懂運用（紹軍雖眾，而不能用），您現在扼住袁軍的咽喉，讓他們進退不得（扼其喉而使不能進），再咬牙苦撐一下，不久一定會有大轉機出現的（情見勢竭，必將有變）。

曹操聽進去了，繼續在官渡苦撐，同時派遣曹仁擊敗在汝南騷擾後方許都的劉備、劉辟部隊。不過，荀彧說的逆轉戰局的大轉機是什麼？袁紹陣營內部有什麼樣的問題？答案就在下一問當中揭曉。

上一篇裡我們分析了曹操勝利的關鍵因素，在於堅持到底。現在我們來看原本在領土、人數上占優勢的袁紹大軍，爲什麼最後會被曹操打得一敗塗地？

袁紹失敗，其實是肇因於戰爭中期以後，內部向心力完全瓦解，最後士氣崩盤，一發不可收拾。知名學者易中天先生爲我們點出了三個發生在袁紹陣營裡、彼此有因果關係的重要事件，讓戰爭局面急轉直下、讓袁紹一敗塗地，它們分別是：「劉備開溜」、「許攸叛逃」和「張郃反水（陣前叛變）」。劉備投靠袁紹，也參加了官渡戰役前期的幾場戰鬥，

並且被袁紹派往汝南，和黃巾餘黨劉辟等人在許都附近打游擊，騷擾曹操的後方。但是劉備幾次作戰，都被曹操擊敗，折損的還都是袁紹的兵馬，當然袁紹不會給他什麼好臉色；這時候關羽歸隊，劉備乾脆以連絡荊州劉表的名義，帶兵離開袁紹。劉備的「落跑」，顯示出很有政治敏銳度的劉備，感覺袁紹大概很難打贏這場戰

張郃原爲袁紹的大將，後遭到謀士郭圖的誣陷而轉投曹操。

役，所以趕快搭救生艇離開，以免和袁紹集團這艘「鐵達尼」一起葬身海底。

許攸的逃跑更是致命。關於許攸為什麼背叛袁紹，有很多種說法，比較常見的是：許攸的計策不被袁紹採用，而他的妻小又被審配關押，於是憤而叛逃。許攸是曹操和袁紹共同的朋友，但是最關鍵的地方在於：許攸長期擔任袁紹的機要參謀，知道太多袁軍軍事機密，這樣的人跑到曹操這裡投誠，難怪曹操聽到消息，高興得赤腳出來迎接（操聞攸來，跣出迎之）！許攸告訴曹操最重要的情報，就是袁紹的儲糧重地——烏巢防衛空虛。曹操當機立斷，親自率兵攻擊烏巢，於是逆轉整個戰局。

烏巢被攻，消息傳來，袁紹陣營陷入慌亂，但這時候假如採取正確補救措施，也許還不至於大敗。當時袁紹手下分成兩派，一派主張回兵救烏巢，另一派以謀士郭圖為首，認為曹操傾巢而出，大本營防衛必定空虛，不如「圍魏救趙」，直撲官渡。袁紹採用後者，派大將張郃、高覽等猛攻官渡，只派小部隊去迎戰曹操的烏巢攻擊軍。這個決定，算是敲響了袁紹十萬大軍的喪鐘！烏巢很快就被曹操攻陷，而官渡卻打不下來。郭圖等人不願意承擔兵敗責任，就向袁紹進讒，說張郃知道烏巢失陷，幸災樂禍！（郃快軍敗）這下逼反了前線作戰的大將，張郃和高覽全軍向曹操投降，袁紹軍隊士氣崩盤，又失去糧食補給，於是不戰自亂，曹操全線出擊，官渡之戰的勝敗，就此決定。

上面這三個連續發生的事件，說明了袁紹陣營內部最大的危機：內部分裂。袁紹撤回北方後不久病死，曹操則渡過黃河，持續進擊。這時袁氏集團內部，是團結一致，共同迎敵，還是繼續分崩離析，自相殘殺？答案就在下一篇當中。

神預測的郭嘉，
一封遺囑就平定遼東？

（郭）嘉之左右，將嘉臨死所封之書呈上曰：「郭公臨亡，親筆書此，囑曰：丞相若從書中所言，遼東事定矣。」操拆書視之，點頭嗟歎。諸人皆不知其意。次日，夏侯惇引眾人稟曰：「遼東太守公孫康，久不賓服。今袁熙、袁尚又往投之，必為後患。不如乘其未動，速往征之，遼東可得也。」操笑曰：「不煩諸公虎威。數日之後，公孫康自送二袁之首至矣。」

《三國演義》第三十三回

袁紹死後，他的三個兒子各擁山頭，自相殘殺；曹操則趁機繼續進攻，平定河北。《三國演義》第三十三回有「郭奉孝遺計定遼東」的情節，說是曹操擊破袁氏兄弟，接著又要北征烏桓。重要謀士郭嘉途中生病，停留在易州（今河北省雄縣西北）養病，等曹操大破烏桓、回到易州的時候，郭嘉已經死去多時了。他臨終前寫好一封信，交給曹操，大意是要曹操不去追擊逃往遼東的袁尚、袁熙兄弟，只要稍待幾天，遼東軍閥公孫康自然會把袁氏兄弟的人頭送上。曹操採納了郭嘉的遺計，果然公孫康把二袁殺了，獻首級給曹操。這是因為郭嘉料準了袁家兄弟和公孫康彼此猜忌，如果乘勝進攻遼東，會促

使他們放下私怨，合作抗敵，而倘若緩一緩，公孫康和袁氏兄弟「必自相圖」，不論誰贏，都是曹操得利。

這種極其精準的敵情判斷，是郭嘉留給曹操的「神奇遺囑」嗎？不是的。根據《三國志‧武帝紀》，做出暫緩進攻袁氏兄弟、等待他們自相殘殺這一高明決策的，是曹操本人，而不是郭嘉。但是郭嘉是曹操爭霸前期最重要的謀士之一，這點是無庸置疑的。

郭嘉字奉孝，二十七歲時由荀彧推薦給曹操，被任命為司空軍祭酒（參謀長）。郭嘉生性放蕩，不守規矩，但是他對時勢的判斷，非常準確，常幫助曹操在關鍵時刻做出正確的決定，所以曹操說「只有郭嘉能懂

我（唯奉孝爲能知孤意）」。

另外，郭嘉對政治人物的個性，觀察非常敏銳，因此他預言孫策會遇刺、劉備會成爲曹操的麻煩、劉表會因爲猜忌劉備而按兵不動等事，無不言中。郭嘉病死時，年僅三十八歲，曹操非常悲痛，說道：「各位都和我年紀相當（諸君年皆孤輩也），只有奉孝最年輕（唯奉孝最少），我本來想把我身後的國家重任都託付給他（欲以後事屬之），他竟中途夭折，這真是天意嗎（命也夫）？」看來要不是郭嘉早死，他就是曹魏版的「諸葛孔明」了！

郭嘉死在建安十二年（西元二〇七年），恰好正在同一年，曹操的宿敵劉備，三顧茅廬，請出了超級戰略家、政治家諸葛亮出山相助。曹操失去了郭嘉，劉備卻得到諸葛亮，一來一往之間，歷史的天秤終於開始偏向倒楣許多年的劉備，也就是說，劉備終於要「出運」了！

郭嘉是曹操麾下洞察力敏銳的謀士，深得信賴，曹操曾在赤壁戰拜後感嘆說：「郭奉孝在，不使孤至此。」

徐庶眞的是因母親而轉投曹操的嗎？

玄德與徐庶並馬出城，至長亭，下馬相辭。玄德舉杯謂徐庶曰：「備分淺緣薄，不能與先生相聚。望先生善事新主，以成功名。」庶泣曰：「某才微智淺，深荷使君重用。今不幸半途而別，實為老母故也。縱使曹操相逼，庶亦終身不設一謀。」

《三國演義》第三十六回

有句歇後語說「徐庶進曹營：一語不發」，意思是徐庶「人在曹營心在漢」，雖然曹操得到了徐庶的人，但他的心卻永遠和劉備同在。話說自從劉備有了單福當軍師，曹操派去攻打劉備的軍馬，就常吃敗仗。曹操問這「單福」是誰？謀士程昱說，單福其實是徐庶所化名，而且只要把徐庶的老母弄來許都，孝順的徐庶一定會棄劉備而來投丞相的。曹操聽了大喜，命程昱依計行事。程昱於是假造徐母筆跡，把徐庶騙到許都，沒想到，徐母看見兒子被騙來曹營，竟然自殺了！傷心欲絕的徐庶，於是下定決心，這輩子絕不替曹操出謀劃策。

在《三國演義》裡，徐庶最大的作用，並不是擔任劉備的軍師，而是把諸葛孔明給介紹出來。完成這個任務後，徐庶就沒有多少戲分了。而作

徐庶因母親而離開劉備，投奔曹操。

徐庶在演義中的最大作用是推薦諸葛亮，圖為徐庶薦諸葛故事彩繪。

者也不忘交代，徐庶要不是因為曹操的詭計，是不會離開仁義英明的劉備身邊的。當然，史實上並不是如此：徐庶是潁川（今河南省許昌市）人，年輕時和石韜一起到荊州避難，從而認識諸葛亮、龐統等人，成為「荊州名士俱樂部」的會員。劉備屯兵新野時，徐庶到劉備帳下擔任幕僚參謀，可能也就在這個時候，他向劉備提起此地附近有一位名叫諸葛亮的高士。

不幸，劉備和徐庶的緣分比較淺，當曹操進軍荊州時，劉備被擊敗，徐庶的母親被曹軍俘虜，徐庶只好向劉備辭職，說自己「心好亂（方寸亂矣）」，見曹操去也。當時諸葛亮是在場的，可見兩人已經共事了一段時間；當然，徐庶的老母之後也好好地活著，沒有在見到兒子以後，就氣得要上吊自殺。

徐庶到北方後，就和劉備集團、以及昔日荊州好友斷了聯繫。《魏略》這本書上說：後來諸葛亮總掌蜀漢朝政，出兵北伐時，得知老友石韜只擔任郡守以及典農校尉（屯田指揮官），徐庶則在魏國朝廷官至御史中丞（政風部部長），曾經感慨的說：「魏國是不是人才太多用不完啊！為什麼他們兩個人沒有被重用呢？（魏殊多士耶！何彼二人不見用乎？）」這一句話反映出蜀漢人才的缺乏，如果徐庶仕蜀漢為官，應該不僅只於御史中丞。不過，看來徐庶進曹營，不但沒有「不發一語」，意見應該還挺多的，否則，又怎會被拔擢為主管監察百官的御史呢？

荊州名士為何
共同推薦孔明？

（司馬）徽曰：「孔明與博陵崔州平、潁川石廣元、汝南孟公威與徐元直四人為密友。此四人務於精純，惟孔明獨觀其大略。嘗抱膝長吟，而指四人曰：公等仕進可至刺史、郡守。眾問孔明之志若何，孔明但笑而不答。每常自比管仲、樂毅，其才不可量也。」玄德曰：「何潁川之多賢乎！」

《三國演義》第三十七回

從《三國演義》第三十五回起到三十七回，不管劉備走到哪裡，總會遇到有人向他推薦：劉董啊，在南陽不遠處的臥龍崗上，隱居著一位不世奇才，就是諸葛孔明先生，快去找他來輔佐你吧！

為什麼這麼多人都向劉備推薦諸葛亮？這涉及到當時荊州集團裡的暗鬥。話說劉表從初平元年（西元一九〇年）被推為荊州牧以來，把荊州打造成一個遠離北方戰亂的小王國，尤其襄陽一帶，成為北方知識分子避難的樂土，人才之旺盛，在當時是首屈一指的。但是隨著曹操勢力不斷茁壯，荊州集團內部對於如何和曹操打交道，開始有了嚴重的分歧。劉表身邊的重要幕僚如蒯良、蒯越、將軍蔡瑁等人，都覺得曹操是朝廷丞相，能

夠收拾亂局，重建秩序，主張投降曹操。這一派人和劉表的關係近（蔡瑁是劉表次子劉琮的岳父，姐蔡氏是劉表後妻），在權力鬥爭裡占了上風，因此在劉表病逝以後，他們選擇次子劉琮繼位，向曹操歸降。曹操進入荊州後，獎賞「親曹派」的順服之功，光是封侯的，就有十五人之多。

另一派人，或者基於現實政治利益，或者是對曹操掌握朝政以來的許多作風感到不滿，主張抵抗曹操到底。在這一派裡面，江夏太守黃祖和由北方避難而來的名士群們是重要角色，他們共同擁護劉表長子劉琦，希望由他繼承劉表，抵抗曹操。不幸的，就在曹操南征前夕的建安十三年（西元二〇八年），「反曹派」遭受重大打擊：首先是握有兵權的大將黃

祖死於孫權第三次攻擊江夏之役，劉琦失去了最大的靠山，為了避免在襄陽城中遭到「親曹派」暗殺，只好向父親自告奮勇，到江夏去收拾殘局，形同遭到放逐。

現在劉表病重，「親曹派」當權、劉琦又離開襄陽，怎麼辦呢？荊州名士們覺得擁護屯兵新野的劉備繼續抵抗曹操，是個不錯的選擇，但劉備這間小公司的規劃人才實在太弱，於是眾人有了共識：把諸葛亮介紹給劉備！諸葛亮的兩個姐姐，一個是名士龐山民之妻，一個嫁給望族蒯氏，他本人與荊州集團也關係很深，又能認同劉備「中興漢室」的政治理念，由他出面輔佐劉備，代表荊州集團的立場，真是合適的人選。

劉表十多年苦心經營的獨立王國，隨著他的病死以及曹操的南進而宣告結束。荊州的人才，從這時候開始，就由曹操和劉備平分，後來孫權雖然搶到荊州，但是只能分到一點肉渣了。

孔明隱居在臥龍崗上，才能深受荊州名士肯定。

「三顧茅廬」
是虛構還是史實？

離草廬半里之外，玄德便下馬步行，正遇諸葛均。玄德忙施禮，問曰：「令
兄在莊否？」均曰：「昨暮方歸。將軍今日可與相見。」言罷，飄然自去。
玄德曰：「今番僥倖得見先生矣！」

《三國演義》第三十八回

從第三十七回下半「劉玄德三顧茅廬」起，到第三十八回前半段「定三分隆中決策」，《三國演義》花了一回半的篇幅，講求賢若渴的劉備，在聽過從徐庶、水鏡先生、龐山民、諸葛均等人不斷形容那個神龍見首不見尾的「臥龍」孔明先生之後，歷經三次拜訪，終於把大賢諸葛亮請出山的感人故事，這就是「三顧茅廬」。

可是，在歷史上，卻出現過完全相反的記載。所謂完全相反，就是否認有三顧茅廬這回事，而說成是諸葛亮主動求見劉備找工作的。裴松之引用《九州春秋》和《魏略》這兩本書上的說法：諸葛亮到樊城去拜訪劉備，劉備不認識他，又看他年紀輕，就自顧自用牛尾編織毛毯，不太搭理他。諸葛亮就問劉備：「將軍覺得劉表和曹操相比如何？（將軍度劉鎮南

孰與曹公耶？）」劉備回答：「比不上。」諸葛亮又問：「那您自己和曹操比呢？（將軍自度何如也？）」劉備答：「也不如。」這時諸葛亮就正色說道：「既然都比不上，而將軍這裡只有區區數千人馬，要抵抗曹操，還不快想想辦法嗎？（今皆不及，而將軍之眾不過數千人，以此待敵，得無非計乎！）」劉備問：「是啊！我也正煩惱這事，要怎麼辦才好？」諸葛亮就向劉備建議，把荊州的遊民集合起來，充實部隊。劉備從這時起，知道諸葛亮很有些辦法，於是以上賓之禮相待。

這種說法靠得住嗎？答案是很靠不住！裴松之在這段引文的後面，已經替我們駁斥了。他寫道：雖然說傳聞的說法不大一樣，但能夠荒謬成這樣，也實在太令人難以置信了！為

什麼裴松之這麼肯定是劉備去找諸葛亮呢？不但陳壽在《三國志‧諸葛亮傳》裡說劉備前往拜訪孔明，「去了三次，終於見著了。（凡三往，乃見。）」諸葛亮自己在《出師表》裡也說過：「先帝不以臣卑鄙，猥自枉屈，三顧臣於草廬之中，諮臣以當世之事」，這不但說明所謂「三顧茅廬」是確有其事，而且劉備和諸葛亮談的是未來整個集團發展的大戰略，不是如何收編遊民。看來究竟是誰先見誰，已經有定論了！假如我們跨越時空，召開「時光法庭」，臥龍先生說不定會想告《魏略》的作者魚豢、《九州春秋》的作者司馬彪兩人「扭曲事實」呢！

劉備三顧茅廬才請出諸葛亮出山輔助。

決定未來
三分天下的「隆中對」

孔明曰：「自董卓造逆以來，天下豪傑並起。曹操勢不及袁紹，而竟能克紹者，非惟天時，抑亦人謀也。今操已擁百萬之眾，挾天子以令諸侯，此誠不可與爭鋒。孫權據有江東，已歷三世，國險而民附，此可用為援而不可圖也。荊州北據漢、沔，利盡南海，東連吳會，西通巴、蜀，此用武之地，非其主不能守；是殆天所以資將軍，將軍豈有意乎？益州險塞，沃野千里，天府之國，高祖因之以成帝業；今劉璋暗弱，民殷國富，而不知存恤，智能之士，思得明君。將軍既帝室之冑，信義著於四海，總攬英雄，思賢如渴，若跨有荊、益，保其巖阻，西和諸戎，南撫彝、越，外結孫權，內修政理；待天下有變，則命一上將將荊州之兵以向宛、洛，將軍身率益州之眾以出秦川，百姓有不簞食壺漿以迎將軍者乎？誠如是，則大業可成，漢室可興矣。」

《三國演義》第三十八回

劉備和諸葛亮終於見面了。這對君臣的第一次見面談了什麼？為什麼這次見面這麼重要，被史家稱為「隆中對」，決定了未來三分天下的走勢？

在《三國志‧諸葛亮傳》裡，關於「三顧茅廬」的敘述很簡單，只有「凡三往，乃見」五個字，可是這短短五個字，到羅貫中手裡，卻發展出七千字的精采故事來。至於劉備在諸葛亮的草廬裡談了什麼，《三國演義》倒是大致和《三國志》記載相同，除了讓孔明神祕兮兮的拿出「西川五十四州地形圖」送給劉備這點，純屬虛構外，都和史實相符。

《三國演義》難得會如此「尊重歷史」，其中一個原因，是因為正史記載「隆中對」的原文，本來就十分引人入勝。《三國志》記載劉備親自到諸葛亮家進行「面試」，他誠懇的進行開場白：「漢室傾頹，姦臣竊權，主上蒙塵。我不自量力，想要將君臣的大義昭信全國（孤不度德量力，欲信大義於天下），無奈我智謀

不足，也欠步驟，常遭到失敗，以致到今天這個地步（而智術淺短，遂用猖蹶，至於今日）。但我壯志還在（然志猶未已），您說我接下來該怎麼辦呢？」

史載諸葛亮沉穩、有條理的回答劉備的口試：想要恢復漢室，需要有步驟。現在的情勢，曹操在中原已經統治超過百萬的人民，又挾天子以令諸侯，不能和他硬碰硬（此誠不可與爭鋒）。東吳孫權，統治江東已經三代，有很多賢能的人輔佐，民心安定，看來只能引為盟友，而沒辦法奪取（此可以為援而不可圖也）。現在能做的，第一是拿下戰略要地荊州，接著可以進圖益州。益州這地方，土地肥沃、易守難攻，州牧劉璋又是昏庸軟弱之人，手下賢士都渴望明主。將軍您既是皇室宗親，又有名氣人望，拿下荊、益兩州，聯合東吳，治理內政，假如北方有什麼變故，就命令一員大將帶荊州軍團攻擊宛城、洛陽，將軍您親自率領益州兵團跨越秦嶺，直取長安，那您的壯志可以實現，而漢朝也可以中興了！

看來諸葛亮替長期東奔西跑、沒有立足之地的劉備，點亮了一盞明燈：那就是先取荊州、再西進益州的大戰略規劃！難怪劉備聽了這番話，要說他是「如魚得水」了！只是，當時沒有錄音設備，劉備與孔明對談時，又沒有旁人，陳壽如何得知這場「超完美口試」？所以作家陳文德先生推論：劉備與諸葛亮可能不只是談一天，「隆中對」或許是君臣兩人長時間交換意見所得出的共識。這樣的推論，也不無道理。

劉備第三次終於成功見到諸葛亮，此次兩人見面談話的內容被稱為「隆中對」。

博望坡之戰
其實跟諸葛亮沒有關係！

後人有詩曰：「博望相持用火攻，指揮如意笑談中。直須驚破曹公膽，初出茅廬第一功！」

《三國演義》第三十九回

　　在《三國演義》裡，博望坡之戰是很重要的，不只因為這場戰役規模浩大，而是因為它被描寫成孔明軍師「初出茅廬」後所打的第一場勝仗、立下的第一功。孔明出茅廬後，因為還沒有什麼表現，關公與張飛都覺得劉備對孔明太好、心中不服，所以當探馬來報：曹軍大將夏侯惇、李典帶十萬人馬殺向新野而來時，為了號令關、張、趙雲諸將，孔明還得向劉備請了印信和寶劍，才能調度關、張出擊。所以這一仗不但燒掉了曹操十萬兵馬和糧草，也奠定孔明軍師在劉備部將心目中神機妙算的口碑。

　　現在我們回過頭來看正史中的博望坡之戰。比對這場戰役雙方參與者的傳記可以知道：博望坡之役其實是劉備自己打的勝仗，和諸葛亮一點關係也沒有。這場戰役的大概經過是這樣的：劉表命令劉備進軍到葉縣這個地方，和曹操派出的夏侯惇、李典等部隊對抗，雙方僵持不下。某日，

博望坡之戰曹軍方面領軍的大將是夏侯惇統率，以獨目聞名。

曹軍突然發現劉備自己把營寨燒了，撤兵逃跑，夏侯惇立刻就要前去追擊，李典阻止道：「賊人無緣無故就退走，一定有埋伏，況且往南的道路狹窄，草木繁茂，還是別追為好（賊無故退，疑必有伏。南道狹窄，草木深，不可追也）。」夏侯惇不聽，果然中了劉備埋伏，被打得大敗，還好李典前來救援，才沒有落個全軍覆沒的下場。

這場戰役，從時間上來看，似乎也不是曹操攻打荊州的前哨戰。雖然《三國志》裡沒有註明發生的時間，

不過在〈先主傳〉裡在記載這場戰役後，接著又說：建安十二年（西元二〇七年），曹操北征烏桓，劉備向劉表建議，趁這個機會，出兵偷襲許都，不過劉表並沒有採納。我們都知道：諸葛亮在劉備「三顧茅廬」之後出山，是在同一年，由記載的順序來看，博望坡之役還早於諸葛亮加入劉備陣營之前。其次，這場戰役當中，劉備利用夏侯惇等人的輕敵心理，設下埋伏，引誘敵人前來，一舉攻破，用的是伏兵之計，真正用到火的地方並不多，真要說「火攻」有派上用場，恐怕只有自己燒毀營寨撤退的那把火吧。

博望坡之戰是諸葛亮登場後的第一戰。

爲什麼有句俗話叫：
「說曹操，曹操到！」

時秋末冬初，涼風透骨；黃昏將近，哭聲遍野。至四更時分，只聽得西北喊聲震地而來。玄德大驚，急上馬引本部精兵二千餘人迎敵。曹兵掩至，勢不可當。玄德死戰。正在危迫之際，幸得張飛引軍至，殺開一條血路，救玄德望東而走。

《三國演義》第四十一回

俗話講「說曹操，曹操到！」意思是指某人適時出現在談論他的場合。但是，爲什麼是曹操而不是其他人？關於這句俗語的歷史起源，有兩種說法：一是說曹操派特務偵查朝中公卿有無私下毀謗朝廷，只要查獲，立即逮捕，所以是「說（批評）曹操，曹操（的人馬）到」；另外一種說法是指曹操用兵如神，敵人還在開會討論戰略，才談到曹操，他的軍隊就已經殺到了！

這兩種說法，哪一種才對呢？第一種說法，指曹操派特務監視公卿大臣，在正史上，曹魏的確發展出類似特務的「校事」制度，但那要到文帝以後才比較上軌道，況且「校事」也不像明朝錦衣衛那樣利害、無孔不入。而曹操善於用兵，這是連敵人都

公認的。諸葛亮就說過：「曹操用兵，好比古代名將孫臏和吳起（曹操用兵，彷彿孫吳）」，曹操擅長騎兵戰術，他尤其很能捕捉戰機，發動奇襲，一舉使敵人崩潰。所以，這句俗語以第二種說法的可能大。

曹操所發動的經典突襲，除了官渡之戰時閃電攻擊烏巢這個例子以外，相信《三國演義》的讀者都知道，劉備帶著十萬百姓，從樊城撤退，夜宿當陽，被曹軍追上的故事。現在我們來看《三國志‧先主傳》怎麼形容這場曹操發動的突擊戰。

話說曹操收降劉琮後，得到情報：劉備正往南撤退。曹操認爲江陵戰略地位重要，又是劉表儲藏軍備的處所，怕被劉備搶先占了（曹公以江陵有軍實，恐先主據之），於是當機

曹操率大軍南下，劉備因捨棄不下新野與樊城百姓，又怕曹操屠城，因此就帶上百姓一起轉移。圖為劉備攜民渡江彩繪。

立斷，命令全軍放下重裝備（乃釋輜重），輕裝趕到襄陽（輕軍到襄陽）。但這時劉備已經走遠，曹操於是親自率領五千虎豹騎急追，恐怖的來了，史書上記載：一日一夜急行三百餘里！終於在當陽長坂坡附近追上劉備的軍民混合隊伍。

「說曹操，曹操到！」曹軍精銳騎兵衝進亂成一團的劉備陣營裡，劉備趕緊拋下妻子兒女，和諸葛亮、張飛、趙雲等數十騎逃走，曹操俘獲劉備的妻子和兩個女兒，以及大部分的士兵、眷屬、糧食和軍械（曹公大獲其人眾輜重）。請注意：這是劉備第二次被曹操打得連老婆、孩子都丟了，落荒而逃（第一次是在徐州）！曹操用兵之果決神速，由此可見。

劉備被打垮時，諸葛亮是跟在他身邊的。小說中為了不讓孔明面對曹操的輕騎兵卻束手無策，只能跟著逃跑，於是就先安排他到江東求救兵去了，其實在歷史上，曹操這場閃電突擊戰，諸葛亮是親眼目擊證人之一，印象深刻，很久以後都還回憶「後值傾覆，受任於敗軍之際，奉命於危難之間」，看來實在是性命交關啊。

收降劉琮、打垮劉備，進佔江陵，看起來曹操揮兵南下的目的，好像已經完成大部分了，但如果真是這樣，他又為什麼沒事寫封「恐嚇信」去嚇唬江東的孫權呢？（請見下下篇）曹操真正想要對付的敵人，究竟是誰？

被誤解的三國

「趙子龍單騎救主」是眞是假？

卻說曹操在景山頂上，望見一將，所到之處，威不可當，急問左右是誰。曹洪飛馬下山大叫曰：「軍中戰將可留姓名！」（趙）雲應聲曰：「吾乃常山趙子龍也！」曹洪回報曹操。操曰：「真虎將也！吾當生致之。」遂令飛馬傳報各處：「如趙雲到，不許放冷箭，只要捉活的。」因此趙雲得脫此難：此亦阿斗之福所致也。這一場殺：趙雲懷抱後主，直透重圍，砍倒大旗兩面，奪槊三條：前後槍刺劍砍，殺死曹營名將五十餘員。

《三國演義》第四十一回

　　爲了緩和劉備被曹操打得大敗的氣氛，也爲了彰顯劉備手下各將領，即使在天崩地裂之時，仍舊盡忠職守、奮戰到底的忠勇節操，《三國演義》特別在第四十一、四十二兩回當中，安排了「趙子龍單騎救阿斗」和「張翼德長坂橋退曹兵」兩大動作場面。這兩件事都不是憑空捏造，而是根據歷史記載加工而成的。現在我們要說的，就是趙雲於百萬軍中勇救阿斗的故事。

　　在小說裡，劉備撤退時，指派趙雲保護他的妻小，但在當陽一戰後，趙雲卻和劉備的甘、糜兩夫人，以及兒子阿斗被衝散了。趙雲在敵軍環伺當中四處尋找，中間還殺了曹操的背劍官夏侯恩，奪了青釭寶劍，終於在一處半倒民屋找到糜夫人和阿斗。糜夫人腿部中槍，不能行走，心知無法脫險，於是把阿斗交給趙雲，自己跳井而死。趙雲把阿斗包裹在盔甲護心鏡裡，拚死力戰，勢若瘋虎，殺得曹軍人人膽戰心驚，趙雲自己「血染征袍透甲紅」，終於殺出重圍，把阿斗交到劉備手上。誰知劉備才接過趙雲捨命救出的阿斗，竟然就往地上一扔，說：「爲了這小孩，幾乎損我一員大將！」這表示劉備看重的不是自己的阿斗，而是大將趙雲！所以後來有句歇後語「劉備摔孩子——收買人心」就是這樣來的。

　　小說裡這段「單騎救主」的故

事，在《三國志‧趙雲傳》裡是一段簡單的描述：當時劉備在當陽被曹軍追上，劉備拋棄家小，往南逃走（棄妻子南走），這時候趙雲抱著年幼的後主劉禪（雲身抱幼子，即後主也），一邊保護後主的生母甘夫人，使他們都能脫險（皆得免難）。幾十年以後，劉禪在追諡趙雲的詔書上，回憶起當年，寫道：「朕年幼的時候（朕以幼冲），遭遇險境（涉途艱難），幸虧靠趙雲的忠誠保護（賴恃忠順），得以脫離危險（濟於危險）。」《三國演義》裡「趙子龍單騎救主」的情節，大概就是這樣發展而來的。不過，趙雲並沒有殺了夏侯恩，搶了青釭劍，因為這一人一劍，都是虛構；而史實中趙雲救出的是甘夫人，至於糜夫人，很可能在劉備徐州兵敗時，就成了曹軍的俘虜，根本沒回到劉備身邊過！

至於劉備摔孩子這一幕，當然也是小說的創作。不過很奇怪的，有段《趙雲別傳》中的記載，卻沒有被小說所採用。故事是這樣的：當劉備在當陽吃了大敗仗，有人向他打小報告，說趙雲往北投靠曹操去了（有人言雲已北去者），劉備氣得拿戟丟過去（先主以手戟擲之），說子龍不會離我而去的（子龍不棄我走也）。果然趙雲不久後就歸隊了（頃之，雲至）。從這個故事看來，劉備對趙雲不但深具信心，還不准別人說他的壞話。有這樣信任他的老闆，難怪趙雲拚命也要救出阿斗了！

單騎救主是趙雲在演義中最有名的事蹟。

曹操有沒有寫過恐嚇信給孫權？

（孫）權將曹操檄文示（魯）肅曰：「操昨遣使齎文至此，孤先發遣來使，現今會眾商議未定。」肅接檄文觀看。其略曰：孤近承帝命，奉詞伐罪。旄麾南指，劉琮束手；荊襄之民，望風歸順。今統雄兵百萬，上將千員，欲與將軍會獵於江夏，共伐劉備，同分土地，永結盟好。幸勿觀望，速賜回音。

《三國演義》第四十三回

劉琮投降，劉備潰敗，一連串的消息，已經讓江東孫權集團的眾人坐立不安了，怎想到孫權又收到曹操一封信，說要和他「共伐劉備」！《三國演義》裡，孫權召開軍事會議，但是從張昭以下的文臣們，全都被這封信給嚇住了，紛紛主張投降。還好有魯肅穩住孫權信心，又有孔明舌戰群儒，才促成孫、劉聯合抗曹的局面。

從事後諸葛的角度來說，曹操寫這封信，讓孫權很快就體認到：曹操下一個對付的，就是江東了！這對曹操後續的軍事行動，起了很大的反效果，本來可以各個擊破劉備、孫權的可能性，也因此幻滅。所以我們的問題就來了：曹操有沒有寫這封信？如果有，他的目的是什麼？

曹操這封給孫權的信，《三國志》正文並沒有收錄，而是出現在裴松之引用的《江表傳》裡。按照易中天先生在《品三國》裡的推測，曹操這封「恐嚇信」有三種可能性：第一是曹操寫了，目的是向孫權下最後通牒：如果你不像劉琮那樣乖乖歸順，就等著瞧吧！第二種是曹操寫這封信，想嚇住孫權，讓他不要幫助劉備，至少也保持中立；第三種可能性是：曹操根本就沒寫這封信！很可能是由孫權或劉備方面的人假造出來，作為和曹操開戰的藉口。有些學者認為，第二種推測，也就是想嚇唬孫權，可能性最高。為什麼呢？當時劉備逃往夏口，根據《三國志·程昱傳》記載：曹操的幕僚們大多推測，孫權會殺了劉備，只有程昱不以為然；但既然大多數幕僚都這樣推測，

曹操自己又有官渡戰後，按兵不動，讓袁譚、袁尚兄弟自相殘殺的成功案例，他會認為孫權收到恐嚇信後，為了避免曹操真的打過來，而把劉備殺掉，也是很合理的。

我的看法是，曹操這封信，不論有沒有寫，起到的作用都是一樣的。因為曹操打敗劉備以後，下一個要對付的敵人，的確就是孫權。但是，曹操小看了孫權，這位時年二十七歲的江東少主，並不像荊州劉琮那樣，三兩下就被嚇倒；而江東諸賢也不同於荊州群臣，除了魯肅以外，還有一人，不但確立了抗擊曹操的方向，還親自領軍打敗曹操大軍！他，就是下一問當中正式登場的周瑜。

孫權十九歲時，因其兄孫策遭刺殺身亡，繼承掌握江東政權，成為江東地區的諸侯。

周瑜主戰是因爲
曹操想要「攬二喬」？

周瑜聽罷，勃然大怒，離座指北而罵曰：「老賊欺吾太甚！」孔明急起止之曰：「昔單于屢侵疆界，漢天子許以公主和親，今何惜民間二女乎？」瑜曰：「公有所不知：大喬是孫伯符將軍主婦，小喬乃瑜之妻也。」孔明佯作惶恐之狀，曰：「亮實不知。失口亂言，死罪！死罪！」瑜曰：「吾與老賊誓不兩立！」

《三國演義》第四十四回

曹操大軍兵臨荊州，劉琮不戰而降，劉備跟著潰敗，接著孫權又收到恐嚇信，看來曹操正對江東虎視眈眈！曹操是朝廷丞相，一向「奉天子以討不臣」，東吳諸臣聽到消息，都感到恐慌，除了魯肅以外，都主張投降以保平安。作爲主公，孫權不願意投降，但要真的和曹操打一仗，又沒有把握，於是找來周瑜想問個明白。周瑜回到柴桑以後，魯肅領著孔明去見他，誰知道，原本以爲是鐵桿子主戰派的周瑜，卻告訴魯肅，他也想乾脆投降算了！這就是《三國演義》第四十四回「智激周瑜」的背景。

小說中，孔明看周瑜這個態度，決定用計激一激他：孔明假裝不知周瑜的妻子是小喬，故意把曹操兒子曹植所作的〈銅雀臺賦〉改動一番，說是「攬二喬於東南兮，樂朝夕之與共」！這下可把周瑜給氣歪了，曹操竟然想攬著他的愛妻到銅雀臺朝夕與共！這還能忍耐嗎？當場也不用再裝，說自己早就存了和曹操勢不兩立之意，孔明的計策大獲成功。

正史上的周瑜當然不是這種衝動又禁不起激的德性，而是立場堅定、考慮周到的主戰派，一貫主張抵抗曹操。史書記載，諸葛亮擔任劉備特使，到東吳勸說孫權和劉備合作抗曹，雖然他的分析很有根據，但孫權一時不能驟下決斷，再召見周瑜，詢問他的看法。周瑜開場就很清楚的點明：「曹操雖說是漢朝丞相，其實根本就是殘害漢朝最深的亂臣賊子（操

託名漢相,實為漢賊)!」接著,周瑜分析曹操的各項弱點:第一,北方仍然有韓遂、馬超等人盤據關中,曹操有後顧之憂;第二,曹操手下大多是北方人,擅於騎兵平原作戰,對江湖水戰一竅不通,更可能會暈船,減低戰力;第三,曹操號稱有水軍八十萬,聽起來真是嚇倒人,其實根本沒那麼多。曹操從北方帶來的部隊,頂多十五、六萬人,收降荊州原劉表兵馬,得七、八萬人,滿打滿算總共也才二十五萬人,而且士氣和戰鬥力並不高。總結以上,周瑜向孫權保證,只要有五萬人馬,一定有把握擊敗曹操。孫權抵抗曹操的決心,於是確立。

　　從上面這番話看來,周瑜的分析敏銳而深刻,決心堅定,態度踏實,當然不像小說中說的那樣,只因為孔明瞎掰曹植的〈銅雀臺賦〉,就氣呼呼的要找曹操拚命;而孔明也沒有訂閱《許都日報》藝文版,又從哪裡知道曹植有新作發表呢?至於,在吳宇森導演的電影《赤壁》裡,大將曹洪說曹操發動這場戰役,全是為了小喬一個女人,這話和真正的三國歷史,可就差得更遠了!

二喬指大喬、小喬,分別是孫策、周瑜的妻子。

蔣幹盜書是真是假，他過江作了些什麼？

（周）瑜整衣冠，引從者數百，皆錦衣花帽，前後簇擁而出。蔣幹引一青衣小童，昂然而來。瑜拜迎之。幹曰：「公瑾別來無恙！」瑜曰：「子翼良苦：遠涉江湖，為曹氏作說客耶？」幹愕然曰：「吾久別足下，特來敘舊，奈何疑我作說客也？」瑜笑曰：「吾雖不如師曠之聰，聞弦歌而知雅意。」

《三國演義》第四十五回

曹操進兵三江口，和周瑜水軍接戰，因為曹軍不習水戰，吃了敗仗。曹操養的一個賓客叫蔣幹的，自告奮勇，說他是周瑜的老同學，可以去說降周瑜。剛好周瑜這邊，正煩惱著要怎麼除掉曹軍水軍都督蔡瑁、張允，於是將計就計，召集部屬擺下「群英會」給蔣幹接風，接著偽造蔡、張兩人通敵的書信，故意讓蔣幹偷走，拿回去獻給曹操，果然曹操一時不察，殺了蔡、張兩人。等到劊子手把兩人血淋淋的首級獻上來，曹操猛然省悟：中了周瑜之計！看來蔣幹真是糗大了，不但被老同學耍著玩，還害老闆錯砍了得力的屬下。小說裡這個「蔣幹盜書」的「反間計」，後來還被很愛看《三國演義》的滿清學來照用，讓崇禎皇帝殺了大將袁崇煥。

蔣幹有沒有偷拿假造的機密信件，讓曹操中了反間計，錯殺蔡瑁、張允？答案是沒有。那蔣幹有沒有渡江，代表曹操去見周瑜？有的，但是時間並不是在赤壁之戰前夕。根據《江表傳》記載：曹操看到周瑜年紀輕輕又這樣有才能，就私下到了揚州，請蔣幹去見周瑜，進行挖角。假如這事發生在赤壁戰前，曹操又怎麼能私下離開軍隊，從湖北前線到揚州去？所以《資治通鑑》把這件事情安排在戰後隔年，即建安十四年（西元二〇九年）。

史書上說，周瑜知道他這個同鄉（不是同學）來意，先說自己公務繁忙，讓他等了三天，接著擺酒宴招待他。席間，周瑜對蔣幹說道：我很幸運，遇上了能賞識我的老闆（遇知己

之主），外表看是老闆部屬關係（外託君臣之義），實際上比骨肉兄弟還要親（內結骨肉之恩），所以，就算是古時候的名嘴復生，想來說動我跳槽，也是徒勞，何況老兄您啊！蔣幹聽了，知道挖角沒指望，於是來個沉默的微笑。回去以後對曹操說：周瑜「雅量高致」，不是用言語可以打動的。看來不但周瑜厲害，蔣幹也不笨，知道周瑜話裡的意思，所以就保持風度，不讓場面難看。當然，也就沒有接下來小說裡「蔣幹盜書」、半夜偷跑回江北的小丑行為了！

蔣幹是個什麼樣的人，為什麼能夠代表曹操，挖角周瑜？我們來看《江表傳》的介紹：蔣幹「相貌堂堂（有儀容），擅長辯論（以才辯見稱），在當時長江、淮河一帶算是第一號人物（獨步江淮之間），沒有人比得上（莫與為對）。」看來，真實的蔣幹是三國時代的「長江第一名嘴」啊！

蔣幹盜書反映了周瑜的智計與曹操的多疑，圖為蔣幹盜書彩繪。

草船借箭眞的發生過，但主角不是孔明？

少頃，旱寨內弓弩手亦到，約一萬餘人，盡皆向江中放箭：箭如雨發。孔明教把船吊回，頭東尾西，逼近水寨受箭，一面擂鼓吶喊。待至日高霧散，孔明令收船及回。二十隻船兩邊束草上，排滿箭枝。孔明令各船上軍士齊聲叫曰：「謝丞相箭！」比及曹軍寨內報知曹操時，這裡船輕水急，已放回二十餘里，追之不及。曹操懊悔不已。

《三國演義》第四十六回

　　話說周瑜嫉妒諸葛孔明有經天緯地之才，每每想找機會借故把他除掉，可惜總被孔明識破。這次周瑜又藉機生事：要求孔明在十日內造十萬支箭，以備軍用；孔明不但一口答應，還說十天太長，他只需三天就能搞定。周瑜大喜，心想這次一定殺得成孔明了；孔明這邊，前兩天毫無動靜，直到第三天凌晨，才和憂心忡忡前來探望的魯肅，帶著備妥的船隻乘霧出江，到曹軍水寨前擂鼓吶喊，曹軍不知來犯的敵軍有多少，又因為大霧不敢出寨迎戰，乾脆以箭雨抵擋。於是便成就了孔明「草船借箭」的奇謀。

　　「草船借箭」這段描述，雖然文詞生動、節奏緊湊又引人入勝，可惜仍然是小說家的虛構，目的是要製造孔明神機妙算的形象。仔細想想，這個計劃還挺「瞎」的。如果孔明眞的為了和周瑜過不去，而和魯肅半夜帶船隊到曹軍水寨前挑釁，就算每條船上都紮滿草人，並且鼓譟吶喊，曹軍也不用多射箭，反正大霧瀰江，直接射幾支火箭不就得了？這樣一來，孔明等人本想用來借箭的草船，沒幾下就會變成「燒王船」了！想必以小說裡孔明那樣智謀百出，應該不會忽略這點吧！

　　不過三國史上的確有類似「草船借箭」的事蹟，配合演出擔任反派者，也還眞是曹操，而男主角當然不是諸葛亮，而是東吳孫權。在建安十七年（西元二一二年）十月，曹操解

草船借箭是諸葛亮最知名的計謀之一，但其實為虛構橋段，真正使用草船借箭的主角其實是孫權。

決了盤據關中的軍閥馬超、韓遂以後，親自帶兵來攻打孫權，雙方在濡須口（今安徽省無為縣）附近對峙。根據裴松之引《魏略》記載：孫權屢次挑戰，曹軍卻堅守不出，孫權親自帶了船隊，駛近曹軍營寨處查看虛實，曹軍察覺，須臾間萬箭齊發，孫權座船受重不均，向一邊傾斜，於是孫權命令船隻調頭，讓另一邊也受箭，使船隻恢復平穩，之後便徐徐退去了。這段故事其實表現出的，是孫權的勇敢沉著：敢於親自上前線視察，在突然遭受攻擊時，還能冷靜觀察局勢（命令調轉船頭），真不愧是將門虎子！而孫權此行，用意是觀察敵人動靜，當然不是想和曹操借箭，

只不過被羅貫中來個移花接木，加工一番，就成了赤壁戰前孔明先生一段藝高人膽大的插曲了。

被誤解的三國

89

黃蓋詐降，
但沒有「苦肉計」

卻說周瑜夜坐帳中，忽見黃蓋潛入中軍來見周瑜。瑜曰：「公覆夜至，必有良謀見教。」蓋曰：「彼眾我寡，不宜久持，何不用火攻之？」瑜曰：「誰教公獻此計？」蓋曰：「某出自己意，非他人之所教也。」瑜曰：「吾正欲如此，故留蔡中、蔡和詐降之人，以通消息；但恨無一人為我行詐降計耳。」蓋曰：「某願行此計。」瑜曰：「不受些苦，彼如何肯信？」蓋曰：「某受孫氏厚恩，雖肝腦塗地，亦無怨悔。」瑜拜而謝之曰：「君若肯行此苦肉計，則江東之萬幸也。」蓋曰：「某死亦無怨。」遂謝而出。

《三國演義》第四十六回

　　很多人都對「苦肉計」和一句歇後語「周瑜打黃蓋：一個願打，一個願挨」耳熟能詳，東吳老將黃蓋故意和周瑜嗆聲，挨了五十軍棍，讓曹操相信他是真心投降；讀者也都知道，黃蓋的送信人是東吳參軍闞澤。當闞澤自告奮勇，扮作漁夫到曹營送降書時，《三國演義》把曹操的狐疑與闞澤的藝高人膽大描寫得真是生動極了，相信大家在讀這一段時，沒有不為闞澤捏把冷汗的。

　　黃蓋詐降是赤壁之戰周瑜擊破曹軍的關鍵，史上確有其事，只不過若干細節和小說不大相同。《三國志·周瑜傳》當中說，周瑜的部將黃蓋向他獻策，說：「我觀察敵情，敵軍人數眾多，如果相持不下，對我軍不利；但我發現曹軍船艦首尾相連，可用火攻把他們打退。（今寇眾我寡，難與持久。然觀操軍船艦，首尾相接，可燒而走也。）」周瑜採納，於是準備大船數十艘，裝滿稻草，事先用油灌入，再以帷幕遮掩，然後寫信向曹操聲稱要投降。裴松之引用《江表傳》中黃蓋的詐降信，說「周瑜、魯肅見識淺薄，非要以江東六郡抗衡中原，大家都知道這是寡不敵眾的，所以我（黃蓋）仔細考慮以後，決定前來為丞相（曹操）效命，周瑜的部隊，當然不能抵擋丞相大軍，我會

見機行事，爲丞相立功。」到了約定日期，曹軍將士都在引頸期盼，這時黃蓋帶領預備好的船隻，順風而來，同時放火，頓時烈焰薰天，「人馬燒溺死者甚眾」，曾經不可一世的曹軍，就這樣被擊潰了。

從上面這段史實來看，黃蓋詐降是有的，但是並沒有苦肉計這回事；其次，闞澤獻降書這件事，恐怕也是子虛烏有。爲什麼呢？根據《三國志・闞澤傳》，闞澤踏入政界，是被徵召入孫權的幕府中擔任西曹掾（約等於西廂辦公室主任），約在孫權爲驃騎將軍時。孫權任驃騎將軍，是在建安二十四年（西元二一九年），赤壁之戰都結束十一年了，闞澤又怎麼能爲黃蓋送降書呢！再者，闞澤在歷史上以儒學見重，個性「謙恭篤慎」，孫權稱帝後，如果對經典有疑問，常常諮詢他的意見。看起來闞澤是一位學者型的人物，與小說中智謀機變的模樣，也有很大的差距，如果周瑜眞的決定派這樣一位老實謹慎的「研究員」，去當「神鬼間諜」，送這麼關鍵的詐降書，風險也太大了！

「周瑜打黃蓋，一個願打，一個願挨。」

黃蓋是赤壁之戰的要角。

曹操在赤壁戰前
吟了首不吉利的詩？

曹操正笑談間，忽聞鴉聲望南飛鳴而去。操問曰：「此鴉緣何夜鳴？」左右答曰：「鴉見月明，疑是天曉，故離樹而鳴也。」操又大笑。時操已醉，乃取槊立於船頭上，以酒奠於江中，滿飲三爵，橫槊謂諸將曰：「我持此槊，破黃巾、擒呂布、滅袁術、收袁紹；深入塞北，直抵遼東，縱橫天下：頗不負大丈夫之志也。今對此景，甚有慷慨。吾當作歌，汝等和之。」

《三國演義》第四十八回

《三國演義》第四十八回有「宴長江曹操賦詩」一段：話說曹操進兵三江口，十月某個夜晚，曹操在船上大宴諸將，酒過數巡，曹操微醺，詩興大發，就取槊（長矛）站在船頭，橫槊賦詩。但揚州刺史劉馥卻上前說，詩中有「月明星稀，烏鵲南飛，繞樹三匝，無枝可依」的句子，大軍正在作戰，恐怕不太吉利。曹操一怒之下，順手用槊刺死劉馥。翌日曹操酒醒，甚為後悔，於是下令厚葬劉馥。

羅貫中加上這段場景，用意是突顯曹操顧盼自雄，但是即將盛極而衰，被劉備、周瑜的正義之師擊敗。劉馥提醒曹操，說他詩中有「不吉之言」就是證據。正史上曹操有沒有「橫槊賦詩」呢？我們知道曹操既是政治家，也是詩人，的確很有可能在進軍赤壁時，遙望山光水色，心中有所感觸。可是我們很確定的是，這時曹操即使吟詩，也不會是這首「月明星稀，烏鵲南飛」！

小說裡這首詩，是曹操〈短歌行〉的第一首，創作時間不詳，不過據學者研究，應該是創作於赤壁戰敗以後。從詩裡低沉蒼涼的心境（憂從中來，不可斷絕），以及對招納賢才的渴求（山不厭高，海不厭深，周公吐哺，天下歸心）來看，這首詩很可能是建安十五年（西元二一〇年）曹操頒布〈求賢令〉時前後的作品，比較不像是曹操在赤壁戰前，氣燄滔天時會寫出的詩作。

羅貫中把這首詩安排在戰前，則很可能是受了蘇軾名作〈前赤壁賦〉的啓發。蘇東坡寫道：「『月明星稀，烏鵲南飛。』此非曹孟德之詩乎？西望夏口，東望武昌，山川相繆，鬱乎蒼蒼，此非孟德之困於周郎者乎？方其破荊州，下江陵，順流而東也，舳艫千里，旌旗蔽空，釃酒臨江，橫槊賦詩，固一世之雄也，而今安在哉？」所以，「橫槊賦詩」其實是蘇東坡的文學想像，也是對曹操文武雙全、「一世之雄」人生的一種歌詠。

最後順道一提的，是小說中那位提醒曹操別作「不吉之言」、結果慘遭殺害的倒楣揚州刺史劉馥，在正史中其實並不是被曹操所殺害。劉馥，字元穎，當曹操正和袁紹在官渡決戰時，派他去收拾被袁術以及孫策、雷緒等人相互攻打導致荒蕪的淮河地區。劉馥單槍匹馬來到合肥，建立學校，補強城防，安撫流離失所的百姓，很有治績。他雖然在赤壁之戰同年病逝，但似乎是死在任上，當然也就不可能千里迢迢到荊州去，給曹操的槊刺死了！

曹操既是政治家，也是詩人，文學造詣深受肯定，圖為曹操拿著長矛在船頭吟詩。

真是好好先生？
魯肅的真實面貌為何？

人報魯子敬先至，（孫）權乃下馬立待之。肅慌忙滾鞍下馬施禮。眾將見權如此待肅，皆大驚異。權請肅上馬，並轡而行，密謂曰：「孤下馬相迎，足顯公否？」肅曰：「未也。」權曰：「然則何如而後為顯耶？」肅曰：「願明公威德加於四海，總括九州，克成帝業，使肅名書竹帛，始為顯矣。」權撫掌大笑。

《三國演義》第五十三回

我們大概都知道，魯肅有兩種面相：一個是小說裡那個耳根軟、心腸好，周瑜的跟班、被孔明耍著玩的窩囊好好先生；一位是真實歷史上對孫劉聯盟起到重要作用的關鍵人物。那麼，要是魯肅不是個好好先生，正史上的魯肅，又是什麼樣子？對孫權的重要性在什麼地方？

歷史上真正的魯肅，是豪爽俠義之人。《三國志‧魯肅傳》上說，魯肅出生時父親就去世了，由祖母撫養長大，魯肅家境不錯，可是他豪爽仗義，不吝惜錢財，所以平常就深得人心。這個時候周瑜擔任居巢縣長，帶幾百個人拜訪魯肅家，請求贊助一些糧食，魯肅家有兩幢米倉，各有三千斛存糧，他順手指其中一幢送給周

瑜，毫不在乎，周瑜知道魯肅這人不凡，更加看重他（乃指一囷與周瑜，瑜益知其奇也）。兩人的交情，就從這時候開始，後來魯肅看袁術這人亂七八糟，不值得侍奉（肅見術無綱紀，不足與立事），就帶著家族親人一百多人，渡江投奔周瑜。

魯肅更是具有宏觀戰略眼光的策略家，他初見孫權時（建安五年，西元二〇〇年），就提出未來各個階段的戰略規劃。魯肅早看準了漢朝已經衰敗，沒辦法再復興（漢室不可復興），而曹操勢力強大，短期內不可能消滅（曹操不可卒除），那要怎麼辦呢？

魯肅建議，從孫權的立場來看，應該「鼎足江東」，等待北方有變時

再發動（以觀天下之釁）。而為了達成這個目的，必須「剿除黃祖，進伐劉表」，據有整條長江防線（竟長江所極，據而有之），最後就能「建號帝王以圖天下。」這次談話，因為是在座榻上進行的，所以被稱作「榻上策」。

魯肅和孫權的這番「榻上策」，不但比諸葛亮和劉備的「隆中對」早了七年，並且還替孫權勾劃執行的先後順序，更厲害的是，魯肅直接挑明表示：孫權是有機會當上皇帝的！日後東吳的發展，其實都按照這條方向進行，甚至執行的比諸葛亮的隆中對還徹底（因為劉備最後並沒有保住荊州）。

這樣一位眼光精準、言人所不敢言的人，會是一個溫吞軟弱的好好先生嗎？當然不會是的。正史上的魯肅被稱作三國戰略家當然毫無疑問，而他為了維護自己的戰略不受破壞，還擔綱和關羽演出了一段正史上的「單刀赴會」情節（請見稍後章節）。

魯肅在演義中是一個老實好人且思維愚慢的文官角色。

心胸狹小、驕傲自滿？
被演義嚴重扭曲的周瑜

孔明祭畢，伏地大哭，淚如湧泉，哀慟不已。眾將相謂曰：「人盡道公瑾與孔明不睦，今觀其祭奠之情，人皆虛言也。」魯肅見孔明如此悲切，亦為感傷，自思曰：「孔明自是多情，乃公瑾量窄，自取死耳。」

《三國演義》第五十七回

　　整部《三國演義》裡，周瑜應該是性格被扭曲得最嚴重的角色了。羅貫中雖然把曹操放在第一反派的位置，但是只是壓低這位奸雄的「英雄」面，而凸顯「奸詐」的一面；相反的，周瑜卻被改寫得心胸狹小不堪，屢次陷害諸葛亮不成，最後自己還活生生給氣死了。

　　歷史上的周瑜是這樣的嗎？當然不是！至少在《三國志平話》等作品問世前，周瑜的形象還不是這樣的。北宋蘇東坡那首膾炙人口的〈念奴嬌〉：「遙想公瑾當年，小喬初嫁了，雄姿英發，羽扇綸巾，彈指間，強虜灰飛煙滅。」說的正是雍容鎮定、氣宇非凡的周瑜。

　　周瑜乃是決定三分天下的英雄人物，根據《三國志·周瑜傳》記載，他不但長相俊美，武功赫赫，為

人也是氣度恢宏、心胸寬闊的。平日和同僚相處，都十分融洽（大率為得人），只有老將程普，因為自己年資深，瞧不起周瑜，常常藉機會說酸話、反話，挖苦周瑜。而周瑜從不計較，對程普的敬重始終如一。後來程普終於被周瑜感動，兩人關係拉近，程普並且對其心服（敬服而敬重之）。《江表傳》記載程普感嘆道：「和周公瑾交往，就好像喝陳年美酒一樣，不知不覺就醉了（與周公瑾交，如飲醇醪，不覺自醉）。」

　　周瑜豪氣干雲，當孫策決定回江東求發展時，周瑜毅然散盡家財，傾心跟從。孫策臨終前，要接班人孫權凡有不能判斷之事，一定要請教周瑜。孫權後來感慨的說：「朕如果沒有周瑜，哪能當上皇帝呢！（孤非周公瑾，不帝矣。）」

周瑜還精通音樂。據說,宴會時所奏之樂,倘若樂音有走調,或者不按曲譜之處,即使在酒酣耳熱時,他仍然聽得出來,頻頻回頭看樂隊。所以當時就流傳著「曲有誤,周郎顧」的說法。當時人用「郎」來稱呼長得俊帥的年輕男子,所以「周郎」就是「周帥哥」的意思。

　　長得帥、有才華、老婆又是美女小喬,年紀輕輕就擔當重任,周瑜好像沒有什麼需要忌妒別人的地方吧!套一句易中天先生的話:「別人去忌妒周瑜還差不多!」當年諸葛亮初出茅廬,來到東吳擔任劉備特使,「見習生」的成分很重。周瑜不太可能當他是競爭對手;所謂「既生瑜,何生亮」的說法,只能當作是小說裡的戲劇效果了。

正史裡的周瑜聰明謙虛、氣量寬大,與演義中的形象差異很大。

「借東風」只是虛構，赤壁火攻是誰的功勞？

孔明曰：「亮雖不才，曾遇異人，傳授奇門遁甲天書，可以呼風喚雨。都督若要東南風時，可於南屏山建一台，名曰『七星壇』：高九尺，作三層，用一百二十人，手執旗幡圍繞。亮於台上作法，借三日三夜東南大風，助都督用兵，何如？」（周）瑜曰：「休道三日三夜，只一夜大風，大事可成矣。只是事在目前，不可遲緩。」孔明曰：「十一月二十日甲子祭風，至二十二日丙寅風息，如何？」瑜聞言大喜，蹶然而起。便傳令差五百精壯軍士，往南屏山築壇；撥一百二十人，執旗守壇，聽候使令。

《三國演義》第四十九回

話說周瑜派黃蓋去詐降、龐統又向曹操獻連環計鎖住曹軍戰船，「萬事齊備，只欠東風」，但隆冬之際，哪來東風？所以一面被吹向東南的帥旗，勾起了周瑜的憂鬱，因此而吐血病倒了。主帥戰前病倒，全軍上下都很擔憂。孔明前去探周瑜的病，表示他因為以前和高人學過，有呼風喚雨之術，只要周瑜給他起個壇，他可以替周瑜求來三日三夜的東南風。這就是小說中孔明裝神弄鬼的首部曲——借東風，之後在小說裡，孔明也還繼續這樣神鬼莫測下去。

所謂「借東風」，當然是虛構，不但掩去史實上周瑜的功勞，而且把諸葛亮形容成有改變天氣本領的巫師了！民國初年的文豪魯迅在評論《三國演義》的時候曾說過：羅貫中為了彰顯諸葛亮足智多謀，結果反把他寫得像個巫師一樣，妖氣沖天（狀諸葛之多智而近妖）。史實上赤壁之戰決定以火攻破曹，是周瑜的決定，和諸葛亮一點關係也沒有。周瑜自小在江淮一帶長大，對長江沿岸的水文、氣象有深刻的了解，據陳文德先生的推測，周瑜可能因為是「在地人」的關係，早就知道在冬至前後，赤壁附近會出現幾小時因地形而起的反常風向，因此而定下火攻的計謀。先別說曹操遠從北方南下，不會知道這種當

地氣候的細節，就連一直在隆中耕讀的諸葛亮，自然也不可能知道。所以，東風不是孔明「借」來的，而是周瑜事先「藏」起來的！

這裡要順便一提史實上諸葛亮在赤壁之戰的角色。前面提到過，劉備被曹操打敗，逃到夏口，剛好孫權派來觀察狀況的魯肅也到了，諸葛亮就自動請纓，去見孫權。諸葛亮到了柴桑，以激將法說動孫權，聯合劉備抗擊曹操。孫權於是派周瑜、魯肅率三萬人馬和諸葛亮回江夏與劉備會合（即遣周瑜、程普、魯肅等水軍三萬，隨亮詣先主，並力拒曹公）。由此可知，諸葛亮到江東出任務，是擔任劉備特使，而且完成任務以後，就回到劉備身邊，當然也沒有必要繼續滯留在周瑜軍中，和周瑜鬥法了。

周瑜才是定計火攻破曹的主角。

赤壁之戰中，
曹軍眞有百萬嗎？

（曹）操見南屏山色如畫，東視柴桑之境，西觀夏口之江，南望樊山，北覷烏林，四顧空闊，心中歡喜，謂眾官曰：「吾自起義兵以來，與國家除凶去害，誓願掃清四海，削平天下；所未得者江南也。今吾有百萬雄師，更賴諸公用命，何患不成功耶？收服江南之後，天下無事，與諸公共享富貴，以樂太平。」

《三國演義》第四十八回

小說裡面曹操率兵南下，號稱百萬，在給孫權的「恐嚇信」裡，則說是八十三萬大軍。歷史上南下的曹軍眞有這麼多嗎？實際上參加赤壁之戰的又有多少？歷來學者針對這個問題，各有看法，爭執不下，有說曹軍是二十五萬、十五萬，甚至只有五千人的不同版本；也有說周瑜、劉備聯軍才是人數較多的一方。這場爭論，被稱爲是「新赤壁之戰」，而究竟歷史的眞相爲何呢？

先說周瑜、劉備聯軍這邊。周、劉聯軍的人數，學者比較沒有疑問。劉備從樊城撤退，先派關羽帶船「數百艘」從水路到江夏，他自己則率主力保護百姓南下，在當陽被曹操追及，史稱劉備和張飛、趙雲、諸葛亮等十幾騎逃走，連妻子、女兒都被曹軍俘虜，可見劉備部除了關羽以外，都已經潰散。之後收拾舊部，再加上江夏劉琦的部隊約一萬人，大概不滿兩萬。周瑜方面，據《三國志·周瑜傳》他自己說「瑜請得精兵三萬人，進住夏口。」但〈吳主傳〉中又說「（周）瑜、（程）普爲左右督，各領萬人，與（劉）備俱進，遇於赤壁，大破曹公軍」，則周瑜兵力也可能只有兩萬。和劉備兵力相加，只有四萬不到。

比較有爭議的，是曹操方面參戰的人數。在〈周瑜傳〉裡，引用《江表傳》記載周瑜向孫權私下分析，曹操收降荊州水軍約七、八萬人，加上本來從中原帶來的兵馬約十五、六

萬，故進兵赤壁的總兵力約二十五萬人。周瑜的估計應該可信度很高，因為他是預定的主帥，又在私下場合向孫權作簡報，沒有必要誇張或縮減曹軍人數來呼弄自己的大老闆，所以「二十五萬」這種說法一直以來都是研究者公認的定版。不過近代「疑古」風氣很盛，對於古籍記載都抱持著懷疑、否定的態度，所以也有學者主張：周瑜所說曹軍人數，其實是指曹軍全部的總兵力，曹操所帶來的，並沒有那麼多，因為江陵一帶，地勢狹窄，二十幾萬人擠在一起，施展不開，曹操深通兵法，又怎麼會作這樣的部署？甚至有人認為，所謂赤壁之戰，曹軍參戰的兵力，只有當陽追擊劉備的輕騎兵五千人而已！但這樣一來，周、劉聯軍有四、五萬人馬，豈不反倒是以眾擊寡？

那麼到底哪種說法比較可信呢？持平而論，古籍的敘述雖然有誇大的成分，但不至於完全不可信；曹操雖然必須留兵在北方，以警備邊境遊牧民族以及關中的軍閥的動靜，但帶領十萬以上的精銳部隊南下，是很有可能的；而曹操兵不血刃拿下荊州，收編原來劉表的水、陸部隊，用作赤壁戰場的主力，也是很合理的。那麼我們估算一下：曹操在這場戰役中，各個戰場上所參戰的兵力，總和至少在二十萬人左右，周、劉聯軍「以少勝多」的說法，還是成立的。

圖為赤壁水墨畫，赤壁因三國時期發生的赤壁之戰而著名，但其確切地點有多種說法。

有優勢的曹操爲什麼
輸掉赤壁之戰？

> 黃蓋用刀一招，前船一齊發火。火趁風威，風助火勢，船如箭發，煙焰障天。
> 二十隻火船，撞入水寨。曹寨中船隻一時盡著；又被鐵環鎖住，無處逃避。
> 隔江炮響，四下火船齊到。但見三江面上，火逐風飛，一派通紅，漫天徹地。
> 《三國演義》第四十九回

赤壁之戰是中國歷史上的關鍵戰役之一，這場戰役以後，曹操統一中國的雄心遭到遏阻，「三分天下」的雛型逐漸形成。赤壁之戰又有一個特點：它是中國歷史上一群年輕人合作（孫權和諸葛亮當時二十八歲、周瑜三十三歲），打敗一位經驗豐富老將（曹操五十四歲）的最佳範例。

戰前曹操方面其實是有許多優勢的。在政治上，曹操是漢朝丞相，挾天子令諸侯，可以說是「奉詔討賊」，正當性和合法性都高過孫權、劉備；在軍事上，曹操大軍才剛打了一連串的勝仗：北征烏桓、進軍荊州，劉琮不戰而降，接著以輕騎兵奔襲百里，在當陽追上正在撤退中的劉備，打得劉備落花流水。那爲什麼善於用兵的曹操，在擁有這許多優勢的情況下，卻打輸這場最關鍵的戰役呢？

我們歸納一下歷來許多學者的分析，赤壁之戰曹操失敗的原因，可以分成內在和外在的因素。內在的因素，就是曹操本身的問題，如戰略上的貽誤戰機，和心理上的驕傲輕敵。張作耀先生在《曹操評傳》裡評論道，曹操在收降劉琮後最大的失誤，就是沒有徹底擊垮當時已經如同驚弓之鳥的劉備，反而停留在江陵，按兵不動，也沒有努力作政治宣傳，分化敵人，其結果，是促成劉備勢力死灰復燃，和孫權結盟。假使曹操立刻進軍江夏，就算不能消滅劉備，至少也可以把劉備和孫權隔開，那局面就會完全不同了。曹操沒有這樣作，可能要歸因於由於一連串的勝利，產生了驕傲和輕敵的心理，總覺得自己揮軍南下，對江東有如泰山壓頂，勝券

在握，因此才會輕易相信周瑜、黃蓋的詐降計，失去了平常應有的冷靜判斷。

外在的因素方面，孫劉合作是擊敗曹操最重要的關鍵。諸葛亮、魯肅對孫權有力的勸說，加上周瑜指揮若定、信心堅定，還有對地形的了解，使得孫劉聯盟的五萬精兵克服數量上的劣勢。根據現代學者的考察，在曹軍當中，爆發了類似「H1N1新流感」或者「SARS」之類的疫疾（有學者指稱曹軍大規模感染了斑疹傷寒），導致曹軍作戰力下降，這也是重要的因素。當然，作為主帥，曹操過於輕敵自大，沒有審慎因應各種變數，也是難辭其咎的。

明代繪畫大師仇英所創作的兩幅赤壁圖。

真有關公華容道義釋曹操這回事嗎？

（關）雲長是個義重如山之人，想起當日曹操許多恩義，與後來五關斬將之事，如何不動心？又見曹軍惶惶皆欲垂淚，一發心中不忍。於是把馬頭勒回，謂眾軍曰：「四散擺開。」這個分明是放曹操的意思。操見雲長回馬，便和眾將一齊衝將過去。雲長回身時，曹操已與眾將過去了。雲長大喝一聲，眾軍皆下馬，哭拜於地。雲長愈加不忍。正猶豫間，張遼驟馬而至。雲長見了，又動故舊之情：長歎一聲，並皆放去。

《三國演義》第五十回

卻說曹操赤壁失利，敗走烏林，投夷陵山道而去，一路上被東吳軍馬截殺，損兵折將不說，眾人心情更為沮喪。曹操偏在這個時候，每走到一個險要之處，就哈哈大笑，笑周瑜無謀、諸葛亮少智，要是在這裡埋伏下一支兵馬，他就插翅難飛云云；也偏偏等他笑完，就會剛好跑出一支劉備麾下兵馬，殺得曹軍眾人是面有菜色。但曹操不信邪，決心要堅持下去，看誰笑到最後——結果在華容道，又碰上了關公，這下不但是笑不出來、還真是插翅也難飛了。曹操只好賠著老臉，哀求關公：看在昔日放他過五關斬六將、千里尋兄的恩情上，放他一馬；這時候曹操身後的眾

將官眼中，也都朝向關公散發楚楚可憐的光芒，關公一個不忍心，就把曹操及眾人都給放了過去。關公放了曹操，違背了出發前在劉備、孔明面前立下的軍令狀，回營沒辦法交待，孔明便要把關公推出去斬了，還好有劉備求情，才饒了他結拜兄弟一條性命。

曹操逃命時，有刻意哈哈大笑來鼓舞士氣嗎？根據裴松之引用一本叫《山陽公載紀》（山陽公是漢獻帝劉協被廢後的封號）的書上寫道：曹操兵敗，在眾將保護下通過華容道，當時天降大雨，地面泥濘，派傷兵以稻草鋪路，才得以通過。當走出狹窄路段後，曹操突然放聲大笑，眾將問

他為什麼發笑，曹操說：「劉備的智謀和我相當，但是他動作慢了一步，如果他早一點在這裡放火，我們就沒一個能活命了！（劉備，吾儔也，但得計少晚，向使早放火，吾徒無類矣。）」不久劉備果然派人來放火，但是已經來不及了。由此可知，曹操只笑了一次，不但沒引出孔明的伏兵，而且還是「得意的笑」，因為他的腦筋動得比劉備還快。

而所謂「華容道義釋曹操」一段，更是荒謬。關羽放走曹操，是以私情害了大義；諸葛亮既然知道關羽會這麼作，還派他執行這個任務，根本是挖洞讓他跳，存心找關羽的麻煩！《三國演義》這種安排，太不合理，所以民國小說家周大荒創作《反三國演義》，寫到這一段時，乾脆全部「砍掉重練」了！

赤壁之戰的落敗使曹操失去一統天下的機會。

被誤解的三國

魏延因腦後有反骨
差點被孔明所殺？

　　這一問要講的是本書裡魏延三部曲當中的首部曲——「頭有反骨」。話說劉備平定南荊州四郡，收得大將黃忠、魏延。黃忠有關公掛保證，當然獲得重用；沒想到魏延才一進帳報到，哈囉都還沒來得及說，就被孔明喊「推出去斬了！」這是怎麼回事？原來是孔明軍師看穿魏延這人，腦後有條「反骨」，以後一定會造反，不如現在先砍掉，以絕後患。還好有劉備求情，才留下魏延一條性命。

　　魏延第一次在《三國演義》中登場，是在第四十一回，當時劉備攜民渡江，來到襄陽城下，當時荊州牧劉表已經病死，繼位的劉琮年幼，在蔡瑁等人挾持下，拒絕放百姓入城，魏延看不下去，站出來公開「挺劉」，但等他好不容易殺出城來，想追隨劉備，一行人卻已經走遠了。要等到第五十三回荊州平定後，魏延才得以投靠劉備，沒想到才見面，孔明就端出了「腦後有反骨」這個下馬威。

　　魏延，河南義陽人。《三國志·魏延傳》中說他自行招募了一支小隊伍投靠劉備，後來跟隨劉備入蜀（以部曲，隨先主入蜀）。至於小說裡說魏延先投劉表，後來又在長沙韓玄帳下為將、殺了韓玄獻城投降等事，都是沒有根據的。

　　魏延是劉備陣營裡的一員勇將。史書記載：當劉備平定漢中時，要找大將當漢中太守，這時大家都以為會

是張飛，而張飛也覺得這個位置應該是「煮熟的鴨子」——跑不掉了，沒想到，劉備找的是當時還只是牙門將軍的魏延！這個決定，全軍都為之震驚。

在布達儀式上，劉備故意當眾問魏延：「今天讓你鎮守漢中，你打算怎麼幹啊？（今委卿以重任，卿居之欲云何）」魏延回說：「假如曹操傾全國之兵而來，我替大王擋著；要是曹操只派十萬人來，我一定把他們都給吞了！（若曹操舉天下而來，請為大王拒之；偏將十萬之眾至，請為大王吞之）」這話說得豪氣干雲，劉備和眾臣都嘉許他的氣魄。

雖然是後來才加入劉備陣營的，但魏延還是很受重用：劉備時，魏延被拔擢鎮守蜀漢最重要的漢中防線；諸葛亮當權時，也因功屢次升官、封侯（官爵是前軍師、征南大將軍、南鄭侯）。

魏延作戰勇敢，很照顧士兵（善養士卒，勇猛過人），是諸葛亮北伐時的首席大將。如果正史中的諸葛亮，像小說裡的孔明軍師那樣，會摸骨神算，硬說魏延會謀反，卻算不出身邊就有個糜芳背叛，不是很不通嗎？不過魏延日後的確涉入一椿謀反疑案當中，這將會在後面章節說明。

魏延在演義中先後跟隨劉表、韓玄，被孔明認為腦後有反骨。

孫權有個妹妹孫尚香，還嫁給了劉備？

> 卻說玄德見孫夫人房中兩邊槍刀森列，侍婢皆佩劍，不覺失色。管家婆進曰：「貴人休得驚懼：夫人自幼好觀武事，居常令侍婢擊劍為樂，故爾如此。」玄德曰：「非夫人所觀之事，吾甚心寒，可命暫去。」管家婆稟覆孫夫人曰：「房中擺列兵器，嬌客不安，今且去之。」孫夫人笑曰：「廝殺半生，尚懼兵器乎！」命盡撤去，令侍婢解劍伏侍。當夜玄德與孫夫人成親，兩情歡洽。
>
> 《三國演義》第五十五回

在《三國演義》第五十四、五十五回裡，孫權有位年輕妹妹登場了。關於這位在小說裡先是被周瑜當作誘餌，後來卻假戲真做嫁給劉備，讓周瑜「賠了夫人又折兵」的孫小妹，正史上只有零星的幾筆記載。在《三國志‧先主傳》裡說，建安十四年（西元二〇九年），劉表的長子，被劉備用來當作傀儡的荊州刺史劉琦病死，劉備於是自己兼任荊州牧，州政府所在地是公安。這時劉備在荊州儼然已經成了氣候，孫權心中有些畏懼（權稍畏之），於是主動把妹妹嫁給劉備，以鞏固孫劉聯盟的邦誼（進妹固好）。由此可見，第一，劉備沒有過江招親，是孫權自己把妹妹送上門來嫁他的；第二，孫權嫁妹，不是「美

人計」的誘餌，而是真的讓妹妹嫁到荊州，而且，整件事情，和周瑜是一點關係也沒有。

那這位和劉備組成「老少配」的孫夫人，到荊州以後的表現如何？是不是像小說裡形容的那樣，和劉備「兩情歡洽」呢？《三國志‧法正傳》有段話：「孫權以妹妻先主（劉備），妹才捷剛猛，有諸兄之風。侍婢百餘人，皆親執刀侍立，先主每入，衷心常凜凜。」這話裡透露什麼訊息呢？第一，孫夫人不是什麼溫柔可愛美少女，而是孫堅世家出品的「女戰神」；第二，孫權把妹妹嫁到荊州，表面上是鞏固雙方盟誼，而實際上孫夫人很可能是扮演監視劉備動靜的「危險枕邊人」；第三，孫夫人

從東吳帶來一支武裝特遣隊，就算劉備偶爾想看望自己的妙齡老婆，也得心驚膽戰的和這些「帶刀護衛」同房，劉備怕都怕死了，還睡得著嗎？難怪諸葛亮後來回憶：「主公在公安時，北邊怕曹操，東邊有孫權，在家裡還得擔心孫夫人搞破壞（近則懼孫夫人生變於肘腋之下）。」可見孫夫人已經升級為劉備心中的「三怕」之一了！這種婚姻，能夠幸福嗎？

最後附帶一提，這位才捷剛猛的孫夫人，在《三國志平話》和元曲裡叫做孫安，《三國演義》裡叫孫仁，近代戲曲（包括電影、電視影集）裡叫孫尚香，但是在正史上，並沒有留下名字。

孫權將妹妹嫁給劉備，這位孫夫人在史書上留下才捷剛猛之名。

孔明的三個錦囊妙計是移花接木來的！

（趙）雲猛省：「孔明分付三個錦囊與我，教我一到南徐，開第一個；住到年終，開第二個；臨到危急無路之時，開第三個：於內有神出鬼沒之計，可保主公回家。此時歲已將終，主公貪戀女色，並不見面，何不拆開第二個錦囊，看計而行？」遂拆開視之。原來如此神策。

《三國演義》第五十五回

如果問「山人自有妙計」這句台詞是誰說的？大家腦海裡可能都會浮現「諸葛孔明」的名字來。孔明的錦囊妙計，出現在《三國演義》第五十五回，話說周瑜想奪回荊州不成，想出一計：派呂範來荊州說親，以招劉備入贅名義，騙劉備來南徐（京口），然後加以囚禁。劉備擔心這是周瑜加害之計，正猶豫不決，孔明卻已替劉備答應下來，臨行前給保駕前往的趙雲三個錦囊，要他按時間分別拆開。趙雲隨劉備到南徐，遭遇困難時，按時打開諸葛亮事先交付的錦囊，果然一路上化險為夷，順利完成任務。

我們之前已經講過，《三國演義》為了凸顯孔明的足智多謀，常虛構或移花接木若干情節在他的身上，

類似「錦囊妙計」的情節，確實發生於三國時期，不過不是諸葛亮所創，而是出於劉備的大對頭曹操。

根據《三國志》中的〈武帝紀〉和〈張遼傳〉所記載：建安二十年（西元二一五年）八月，曹操率軍赴漢中征討張魯，臨行前他研判：孫權很有可能趁他無暇東顧之時，來偷襲東線重鎮合肥。因此他寫了一封「密教」（密封的命令）給護軍薛悌，封皮上書「賊至，乃發」，意思是敵軍打來時才能拆閱。果然，孫權見曹軍主力西移，發動十萬大軍來攻合肥，薛悌取出這封密教，當著合肥守將張遼、李典、樂進三人面拆閱，上面寫著「如果孫權來攻，張遼、李典兩將出戰，樂進守城，薛護軍不必參加軍事行動。（若孫權至者，張李將軍出

戰，樂將軍守，護軍勿得與戰。）」張遼等人按照曹操的指令行事，果然以七千名守軍擋住了孫權十萬大軍的進攻，保住了合肥。《三國演義》第六十七回的前半也描述了這場戰役，情節與史實大致相同。

曹操留下的「密教」之所以能夠奏效，最主要的原因是他了解張遼、樂進等人的性格與能力，針對他們擅長的領域分派任務、部署人事，而使守將能搭配合作，讓戰力最大化。張遼、李典勇猛善戰，適合衝鋒陷陣的野戰；樂進冷靜持重，具有判斷力，應該擺在城中布置防務，擔任城防司令官。至於薛悌則是文臣，不必參與軍事，以免干擾指揮，影響大局。這是很高明的敵情判斷與人事安排。至於小說中虛構的孔明錦囊妙計，連什麼時候會發生什麼狀況、該怎麼應對，事前無不規劃得十二分妥善，連可能的變數都計算在內，也未免太過「未卜先知」了吧！

曹操才是留下錦囊妙計的主角，圖為明人所繪之曹操像。

荊州爭奪與孫劉同盟，借荊州其實是借南郡？

曹操連飲數杯，不覺沉醉，喚左右捧過筆硯，亦欲作《銅雀台詩》。剛才下筆，忽報：「東吳使華歆表奏劉備為荊州牧，孫權以妹嫁劉備，漢上九郡大半已屬備矣。」操聞之，手腳慌亂，投筆於地。

《三國演義》第五十六回

孔明曰：「曹操統百萬之眾，動以天子為名，吾亦不以為意，豈懼周郎一小兒乎！若恐先生面上不好看，我勸主人立紙文書，暫借荊州為本。待我主別圖得城池之時，便交付還東吳。此論如何？」（魯）肅曰：「孔明待奪得何處，還我荊州？」孔明曰：「中原急未可圖：西川劉璋闇弱，我主將圖之。若圖得西川，那時便還。」肅無奈，只得聽從。

《三國演義》第五十四回

這一節裡，我們要講的是牽動曹操、劉備、孫權三大集團戰爭與和平的關鍵——「荊州問題」。東漢末年，荊州共有七個郡，分別是南陽（襄陽）、江陵（南郡）、江夏、零陵、長沙、武陵、桂陽。原來的荊州牧劉表死後，繼位的劉琮投降曹操，荊州各郡中，人口密集、開發程度最高、戰略地位最重要的南陽、江陵兩郡，因此落入曹操的控制之下，劉備在往江陵途中被曹操擊潰以後，和劉表長子劉琦在江夏郡會合，而長江以南的四郡，名義歸順朝廷，實際上則由原來的郡守盤據，等於小型軍閥。

赤壁之戰以後，曹操北撤，留曹仁鎮守南郡，但周瑜、劉備聯軍追擊而至，包圍江陵。曹操見情勢不利，要求曹仁放棄江陵，退保襄陽。後來，曹魏就一直保持襄陽到合肥的南方防線（《三國演義》上說孔明以假令符騙襄陽守將出城，使關羽奪了襄陽等情節，都是虛構的，劉備集團從來沒有占領過襄陽）。周瑜進占江陵，而劉備則趁此機會逐一攻下長江以南的武陵、桂陽、零陵、長沙四郡。於是荊州就呈現了「三分天下」

的局面，七郡由曹操、劉備、孫權三大集團所瓜分。

按照諸葛亮的「隆中對」，占有荊州、益州是整個大戰略的最重要部分，現在劉備雖然有了一塊立足之地，但是荊州最具戰略意義的南郡，卻控制在孫權手上，沒辦法進取益州不說，連在荊州都被孫權壓制。於是劉備在建安十五年（西元二一〇年）冬天，到京口（今江蘇省鎮江市）去見孫權，要求把南郡暫時劃歸給他。這個等於要孫權割地的要求，周瑜堅決反對，所以孫權也就沒有答應。但是不久後周瑜病死，繼任的魯肅考慮到東吳只有幾千兵力守在南郡，北抗曹操，南又有劉備蠢蠢欲動，為了鞏固孫劉聯盟著想，說服孫權把南郡借給劉備。於是劉備就控制荊州七個郡當中的四個半郡，更重要的是，有了西進益州的基地。劉備便把總部遷來南郡油江口，改名公安。這就是「借南郡」的由來。史書上記載，當消息傳到許都，曹操正在寫字，聽了這事，嚇得把筆都掉在地上了。

曹操為什麼這樣緊張？「借南郡」為什麼又會被說成是「借荊州」？

這段典故見於《三國志・魯肅傳》中，喜歡對正史加油添醋、又對曹操刻意貶低的《三國演義》當然更不會放過。

曹操為什麼會這麼驚慌失措呢？從軍事上來講，曹操心目中的「英雄」劉備得到了南郡，和原本的四郡地盤連成一氣，荊州更難拿下了；從「國際政治」上來講，孫權竟然願意把到手的肥肉（南郡）吐出來，讓給劉備，象徵著孫劉聯盟又進一步的鞏固了！這對曹操想要統一中國的雄心

荊州牧劉表像，劉表領有荊楚數千里之地，死後其子劉琮投降曹操，結束劉表父子在荊州十九年的統治，荊州南四郡轉為當地郡守所盤據。

未有中原志　常懷繼嗣憂
聲名高八俊　安坐鎮荊州

來說，當然是個不小的打擊。

不過，要是孫權就這樣簡單、甘心的借南郡給劉備，荊州也不夠格稱為三國時期第一戰略要地了！孫權、魯肅之所以借南郡給劉備，背後其實有一個「偷天換日」的陰謀，那就是把借南郡說成是「借荊州」。借出一個郡，得到整個荊州的宗主權，這筆交易還算是划得來。

很奇怪的是，我們沒有在《三國志》中發現劉備和諸葛亮有針對這個「偷天換日」的計謀，有任何的回應或是反制之道，彷彿他們的確是向孫權借了整個荊州；即使是《三國演義》當中孔明對前來討荊州的魯肅，口氣也像是在狡賴，一點也不理直氣壯。

在清代史學家趙翼寫的《二十二史箚記》裡，有一條就是「借荊州之非」。趙翼覺得，所謂「借」，是指本來是我的東西，而現在暫交給人。從這個意思來看，孫權集團在赤壁戰後，除了南郡以外，也沒有統治過荊州一天，哪來的荊州可借？所以趙翼認為，所謂「借荊州」是東吳人事後的說法。意思是，吳人在戰後看劉備得了荊州四個半郡，覺得自己也沒少出力，結果荊州卻被劉備「整碗端去」，心理不平衡，才想出這麼個說法來。

趙翼的講法雖然對劉備很有利，但說到底，我們不能忘記劉備的確曾經向孫權借了南郡，又不歸還的事實。也許吳人所謂「借荊州」，是指劉備把荊州的州政府（治所）放在南郡的緣故（所以南郡後來也稱作「荊州」）。無論如何，這一借，就衍生出無數事端來。荊州的事情，我們後面還會繼續講到。

黃忠畫像，黃忠原為荊州南四郡之一長沙郡太守韓玄部將，後成為劉備部將。

馬超讓曹操割鬚棄袍？
其實事實完全相反

> 西涼兵來得勢猛，左右將佐，皆抵當不住。馬超、龐德、馬岱引百餘騎，直入中軍來捉曹操。操在亂軍中，只聽得西涼軍大叫：「穿紅袍的是曹操！」操就馬上急脫下紅袍。又聽得大叫：「長鬚者是曹操！」操驚慌，掣所佩刀斷其鬚。軍中有人將曹操割鬚之事，告知馬超，超遂令人叫拿：「短鬚者是曹操！」操聞知，即扯旗角包頸而逃。
>
> 《三國演義》第五十八回

《三國演義》第五十八回講到西涼馬騰參與衣帶詔密謀，被曹操騙入京師殺害，他的長子馬超盡起西涼兵馬前來報仇。兩軍隔著渭水對峙，馬超勇猛無比，接連打敗曹軍于禁、張郃等將領，直取曹操。曹操被迫割去自己的鬍鬚、拋棄長袍，才能倖免於難，真是狼狽到了極點。後來曹操使用離間計，分化馬超和西涼另一大將韓遂，終於擊破馬超。

曹操真發生「割鬚棄袍」才能逃走這回事嗎？當然沒有。馬超其實也不是為父報仇，而是稱兵反抗中央；而曹操與馬超之戰，則是以曹操大獲全勝收場的。

這件事情的本末是這樣的，曹操在赤壁之戰碰壁吃了大虧以後，檢討自己所犯的戰略錯誤，認為如果要再次南征，必須解除後顧之憂，也就是要先收拾盤據在關西（潼關以西）的大小軍閥。於是曹操就在建安十六年（西元二一一年），以征討漢中張魯的名義，對關西軍閥用兵。

曹操打張魯，本來的用意，就是在找理由逼反關西各大小軍閥。果然，馬超、韓遂等人都動員軍隊準備作戰，這就給曹操對付他們的正當理由了。同年七月，曹操親自到前線指揮作戰，用騎兵包抄馬超、韓遂聯軍的側面，馬超等人潰敗，退守渭水以南。曹操又善用政治作戰，先拒絕馬超求和，再用離間計，瓦解馬超韓遂的聯盟，最後全面出擊，馬、韓等人大敗，逃往涼州。

值得一提的是，即使是到了這個時候，馬超的父親馬騰都還在世！據史書記載，馬騰本來是關中地區的大軍閥，和韓遂等小軍閥一直有軍事摩擦，建安十三年（西元二〇八年）赤壁之戰前夕，朝廷派司隸校尉（首都軍區司令）鍾繇來爲他們調解，協商後，決定調馬騰入京爲官，讓兒子馬超繼承他的部隊。所以馬超起兵對抗曹操代表的中央政府時，馬騰還活著，當然不可能讓馬超替他報仇了。曹操留馬騰性命作政治號召，一直到了馬超起兵的隔年（二一二年），才處死馬騰和他的家族。

　　馬超被打敗以後，先是逃到涼州的羌人部落，起兵占領涼州，但是再度被曹操擊敗，只好逃奔漢中張魯，最後又投靠益州劉備。劉備雖然很禮遇馬超，但始終不敢讓「國際知名度」極高的他獨當一面。章武二年（西元二二二年）馬超病死，享年四十七歲。他臨終前給劉備的遺折上說：「臣門宗二百餘口，爲孟德（曹操）所誅略盡，唯有從弟岱，當爲微宗血食之繼，深託陛下，餘無復言。」歷史上馬超的一生，其實是在哀傷的旋律裡收場的。

馬超像，馬超在演義中相當神勇，曾經把曹操打到割鬚棄袍。

劉備虛偽得很，偷偷學曹操的步數？

玄德曰：「今與吾水火相敵者，曹操也。操以急，吾以寬；操以暴，吾以仁；操以譎，吾以忠；每與操相反，事乃可成。若以小利而失信義於天下，吾不忍也。」

《三國演義》第六十回

話說張松獻圖、法正報信，龐統和孔明都覺得入西川取益州的時機到了，但劉備卻以益州牧劉璋和他都是同宗兄弟，不忍心奪他的地盤而猶豫。為什麼不忍心？因為入蜀取益州，勢必會用上詭計詐術，而這比較像是曹操會作的事，和劉備一貫的形象不符合。曹操愈是急躁、暴烈、詭詐，劉備就愈是要寬緩、仁厚、誠信，據劉備說，因為他相信凡事和曹操對著幹，就能成功。實情真是像劉備說的這樣嗎？

這段話不是小說的虛構，而是改編自裴松之注《三國志‧龐統傳》裡劉備說的一段話。史書上的原話可見《九州春秋》這本書，劉備回答龐統為什麼他不奪取益州的建議。但劉備接下來做了什麼？他還是出發去取益州了，這種「嘴巴說不要，心裡猛點頭」的行徑，即使是把劉備當作男主角的《三國演義》也很難完全掩飾，所以魯迅才會評論小說中的劉備，仁厚是裝出來的，實際上虛偽得很（欲顯劉備之長厚而似偽）。

現在我們來看真實的劉備。從丟掉徐州地盤，開始寄人籬下的日子以後，劉備大概深思過自己為什麼在中原奮鬥了老半天，卻一事無成。可能在他苦思一番以後，想出了一招，那就是：曹操作過的，劉備就有樣學樣地跟進效法。所以，曹操自封兗州牧，劉備也自封荊州牧；曹操假裝攻打張魯，實際上是要平定關中軍閥，劉備假裝幫劉璋對抗張魯，實際上是想吃掉劉璋的益州；曹操進封魏王，劉備也跟著當上了漢中王！當然，曹操到死都沒有敢篡漢自立，劉備則比他更進一步，登基為帝。這點劉備

是比曹操占上了一點便宜，誰叫他是
「劉皇叔」呢？

　　既然如此，那麼劉備對龐統說
的這番話，是想呼弄他的「鳳雛」軍
師嗎？當然也未必。劉備口口聲聲說
自己「每與操相反」，是替自己建立
起「仁義」的口碑、建立起「以人為
本」的形象，套一句今天的話來講，
就是強調「品牌獨特性」，劉備就是
靠這樣的品牌來爭取人心。不過，口
碑不能當飯吃，想要成功作大事，
「嘴巴說一套，實際另一套」恐怕還
是需要的。所以，小說裡每次開口閉
口，必定大罵曹操是奸詐急躁又狡猾
的劉備，其實暗地裡偷偷的以曹操為
師呢！

劉璋像，劉璋繼父親劉焉擔任益州
牧，後為劉備所敗投降。

眞有落鳳坡這個地方，鳳雛注定要死在此處？

卻說龐統迤邐前進，抬頭見兩山逼窄，樹木叢雜；又值夏末秋初，枝葉茂盛。龐統心下甚疑，勒住馬問：「此處是何地名？」數內有新降軍士，指道：「此處地名落鳳坡。」龐統驚曰：「吾道號鳳雛，此處名落鳳坡，不利於吾。」令後軍疾退。只聽山坡前一聲炮響，箭如飛蝗，只望騎白馬者射來。可憐龐統竟死於亂箭之下。時年止三十六歲。

《三國演義》第六十三回

　　《三國演義》裡，天下兩人奇才：「臥龍」諸葛亮與「鳳雛」龐統，都被劉備所網羅。小說中，龐統的初登場，是向曹操獻上連環計，讓曹操把戰船鎖在一起，方便周瑜火攻。戰後，魯肅和孔明都給龐統寫推薦信，要他到劉備那裡效力。龐統見劉備時，偏不拿出推薦信，寧可當個小縣令，直到張飛來視察縣政，才發現埋沒人才，於是劉備請龐統擔任副軍師，隨軍入蜀。就在劉備和劉璋撕破臉開戰以後，某日孔明軍師送來一信，說他夜觀天象，主帥恐有不利，要多加小心。龐統卻覺得這是孔明要和他搶功勞，於是仍舊催促劉備進兵，結果在雒城（今四川省廣漢市）前的「落鳳坡」，中了蜀將張任的埋伏，中箭身亡。孔明得到消息，痛哭不已，於是和張飛、趙雲領兵入蜀，

龐統，演義中描寫龐統容貌醜陋。

擒殺張任，爲龐統報仇。

歷史上的龐統，其實沒有這麼多傳奇故事。他是著名隱士龐德公的侄子，因此也算是荊州的名士俱樂部的會員，年紀很輕時，就被名士司馬徽（小說中的水鏡先生）譽爲「南州士之冠冕」，漸漸有了知名度。龐統長期擔任南郡功曹（總務科長），周瑜病死時，他護送周瑜靈柩回東吳安葬。等劉備向孫權借到了南郡，龐統依舊留用，之後又調任守耒陽令（代理縣長），結果，縣政處理不好，被劉備撤換（在縣不治，免官）。這時候，魯肅和諸葛亮分別向劉備建議：龐統不適合當縣長，比較適合擔任參謀長之類的任務。劉備才召見龐統，結果相談之下，「大器之」，一下升官到諸葛亮之下的第二號人物。劉備入蜀，留諸葛亮守荊州，以龐統爲軍師同行。龐統在雒城爭奪戰中，親自上前線，不幸被流矢所傷（不是在落鳳坡被當箭靶射死），不治身亡。劉備非常難過，只要提到這件事，就會流淚（言則流涕）。

不過考察史書，龐統不是被張任設計殺害，因爲依照《資治通鑑》的說法，張任已經在稍早之前就已陣亡，當然不可能復活作戰；而且按時間推論，反倒是張任之死，還是劉

備、龐統所造成的！另外，我們沒有發現「鳳雛」和「臥龍」齊名的證據，龐統的「鳳雛」名號，有可能是羅貫中奉送給他的。而且，因爲地名叫做「落鳳坡」，就下令退軍，這實在也太過荒謬了，假使這樣說得通，那麼劉璋的部將射死龐統以後，只要把「落鳳坡」再改成「屠龍坡」，不就又可以擋住叫作「臥龍」的諸葛孔明了嗎？

連環計是龐統在演義中初登場展露的高明計謀。

「單刀赴會」的主角，
其實根本是魯肅！

> （關）雲長右手提刀，左手挽住魯肅手，佯推醉曰：「公今請吾赴宴，莫提起荊州之事。吾今已醉，恐傷故舊之情。他日令人請公到荊州赴會，另作商議。」魯肅魂不附體，被雲長扯至江邊。呂蒙、甘寧各引本部軍欲出，見雲長手提大刀，親握魯肅，恐肅被傷，遂不敢動。雲長到船邊，卻才放手，早立於船首，與魯肅作別。肅如癡似呆，看關公船已乘風而去。
>
> 《三國演義》第六十六回

赤壁戰後，魯肅因爲說服孫權借荊州給劉備，常常被孫權、周瑜等人指責他是爛好人，果然劉備賴帳，不還荊州，孫權把魯肅給臭罵一頓，爲了避免荊州這筆帳成爲「呆帳」，魯肅計畫了一場陰謀，也就是邀請荊州守將關公前來談判，如果關公不願意還荊州，就一刀把他給結果了。沒想到關公勇敢無畏，只帶了周倉和青龍刀，過江赴宴。這就是《三國演義》裡又大大爲關羽加分的「單刀赴會」橋段。

史實上的「單刀赴會」，卻和小說所述不太一樣。魯肅其實很勇敢，關羽也不是莽漢。故事的背景是這樣的：建安二十年（西元二一五年），孫權以劉備得了益州，卻始終不肯交

還荊州（我們前面說過，「借荊州」是吳人把「借南郡」偷天換日的概念），於是命令呂蒙攻襲南荊州的長沙、零陵、桂陽三郡，強取荊州。劉備聽到這個消息，馬上從成都率軍趕回江陵，並且命關羽率三萬兵馬進駐益陽（今湖南省益陽市附近），與魯肅隔江對峙。孫劉同盟的破裂，以及一場爭奪荊州的血戰，看來就迫在眉睫了。

不過，身爲東吳聯劉派的大將，魯肅實在不願意因爲雙方一次小摩擦，就讓他畢生的政治理想破滅。於是他決定再嘗試用和平談判的手段來解決軍事危機，到對岸關羽的駐地去談判。當時他的部將都認爲這樣做太危險，但魯肅說：「今天的局面，

121

江東赴會彩繪，又是一場突顯關羽勇敢的場景，但根據正史上計載，並非關羽到江東談判，而是魯肅到關羽地盤上談判。

正應該說清楚、講明白啊！（今日之事，宜相開譬）」於是毅然前往。會談的氣氛相當緊張，雙方約好把部隊留在身後五百步的距離，參加談判的人員，每個人都只能帶一把防身的佩刀。

《三國志・魯肅傳》記載：魯肅聲色俱厲地質問關羽，當初借荊州給你家主公安身，現在你們已得益州，卻沒有還荊州的意思，要你們先歸還三郡，又不答應！（國家區區本以土地借卿家者，卿家軍敗遠來，無以爲資故也。今已得益州，既無奉還之意，但求三郡，又不從命），而關羽答不上話（羽不能答）。正好此時劉備擔心曹操攻打漢中，於是同意和談，雙方以湘水爲界，平分荊州，這場危機，暫時落幕。

從上面的敘述可以知道：第一，所謂「單刀」，不是指關公那柄八十二斤青龍偃月刀，而是參加談判人員隨身的佩刀；第二，不是關羽過江談判，而是魯肅到關羽的地盤開會。看來歷史上眞正眼光宏遠、勇敢無畏的人，反倒是小說裡看起來窩窩囊囊的魯肅啊！

誰反對曹操當魏王，又爲了什麼反對？

　　每次出征前，曹操都要給自己加官晉爵：打荊州前封丞相，攻孫權前晉魏公，現在要出發取漢中，又有群臣上表，請封曹操爲魏王。中書令荀攸力言不可，曹操不聽，荀攸憂憤而死。這是怎麼回事？荀攸有反對曹操稱王嗎？如果有，又是爲什麼呢？

　　在史書上，荀攸並沒有反對曹操稱王，反對的人是他的叔叔，也就是前面我們提到過，在官渡之戰時寫信鼓勵曹操堅持下去的荀彧。建安十七年（西元二一二年）十月，當時董昭等大臣上疏，請皇上封曹操爲魏公。董昭等人私下找荀彧一起連署，但荀彧說：「曹公起仁義之師，從事的是復興漢朝的大業（曹公本興義兵，以匡振漢朝），雖然現在功勞已經很高（雖勳庸卓著），但還是很忠於朝廷

的（猶秉忠貞之節），你們不要害他（君子愛人以德，不宜如此）。」但

荀彧是曹操軍中的大腦，軍事、內政、戰略等才能兼備的綜合型謀臣，被曹操稱讚「吾之子房」

董昭等人上表，背後恐怕就是有曹操的授意，所以曹操聽到了這件事，心裡很不爽，幾個月後荀彧就突然去世了。荀彧怎麼突然死了呢？《三國志》以魏國為正統，避諱不明講，《後漢書》卻說出來了，原來曹操派人賞荀彧一個空的食盒，荀彧知道，曹操要他「不要再吃飯了」，就飲藥自殺，享年五十歲。

曹操「挾天子以令諸侯」的壞處終於浮現了。一直以來，效力於曹操麾下的眾謀士武將們，可以說既是曹操的部下，同時也是漢朝的官員，這兩個政治認同，本來是重疊的。但是從曹操開始尋求封爵、封王起，事情有了變化。大家必須要選邊站，你是對傀儡皇帝劉協效忠？還是魏國公曹操？

效忠曹操的，占了大部分，但是也有一部分人仍舊認同「恢復漢室」的理想，比如荀彧。平定袁紹集團以後，曹操就把他的大本營遷往鄴城，只留下少許連絡官員在許都。但荀彧自認是漢朝官員，不是曹魏家臣，所以一直留在皇帝身邊。

荀彧的終極理想，是恢復漢朝的政治秩序，這和諸葛亮是很接近的；不同的地方，是荀彧一直相信能掃清割據軍閥、統一天下的人，只有曹操。曹操也曾以這樣的任務來自我期許，這是荀彧忠心輔佐曹操的最重要理由。

問題是，曹操自己不再這樣想了，他要的更多。曹操的野心膨脹，不甘心只當漢朝的中興大臣，而想創立自己的王國、甚至朝代了。這種野心，荀彧絕不能贊同，因此曹操對荀彧也就失去了信任。就像電影《齊天大聖西遊記》裡，紫霞仙子在片尾時說的那樣：「我料到事情的前半段，但是卻沒料到結局。」荀彧一心輔佐曹操當撥亂反正的英雄，卻沒有料到英雄也有想篡位當皇帝的時候。他和曹操關係之所以不能善始善終，或許我們也可以作如是觀。

劉備的軍師
其實不是孔明？

卻說孔明分付黃忠：「你既要去，吾教法正助你。凡事計議而行。吾隨後撥人馬來接應。」黃忠應允，和法正領本部兵去了。

《三國演義》第七十一回

　　劉備既然入蜀奪取西川，漢中的戰略地位就被凸顯出來了：如果劉備搶到漢中，進可以當作攻擊雍州、涼州的基地，退也可以把漢中當作益州的屏障；相反的，假如曹操佔了漢中，四川盆地基本上就無險可守，可以壓制劉備集團的發展，正是所謂「得隴望蜀」。

　　《三國演義》第七十二、三回，就在講述劉備與曹操爭漢中這一段故事，劉備在諸葛亮的協助下，先是派黃忠在定軍山殺了曹軍大將夏侯淵，接著又用疑兵打退曹操，拿下了漢中。那問題就來了：歷史上的漢中戰役真是靠孔明打贏的嗎？

　　我們先揭曉答案：劉備之所以打贏漢中戰役，完全仰賴於法正的協助，和諸葛亮沒有什麼關係。

　　法正字孝直，祖父法真是東漢名士，法正在年輕時入蜀投靠劉璋，但是不被重用。法正常有懷才不遇的感覺，於是暗中勾結劉備，並且和張松聯合向劉璋獻計：讓劉備入蜀，來

夏侯淵替曹操鎮守漢中，後為劉備部將黃忠所擊殺。

抵擋漢中的張魯。後來劉璋被劉備圍困，法正又寫信勸降，劉備之所以能占有益州，法正可以說是首功。劉備進入成都後大封功臣，以法正為蜀郡太守，揚武將軍，他的職位，等於是首都市長兼任參謀總長（外統都畿，內為謀主）。劉備自封漢中王，又讓法正擔任尚書令（等於今天的行政院秘書長）一職。

法正的個性放蕩不羈（陳壽說他很類似郭嘉一類的人物），而且心胸狹窄，有仇必報。他得勢以後，以前的恩仇，即使是一頓飯或者一個白眼，他都不放過（一餐之德，睚眥之怨，無不報復），因為這樣，傷了好幾條人命。

有人去向諸葛亮投訴，說法正太囂張，諸葛亮卻知道劉備很重用法正，於是表示：「主公就是靠法正才得以擺脫束縛、飛龍在天啊！怎麼能不讓法正快意恩仇呢？」《三國志‧法正傳》又說：諸葛亮和法正，雖然個性差很大，但是兩人在公領域上方向是一致的（雖好尚不同，以公義相取），而法正屢出奇招，則很讓諸葛亮欽佩（亮每奇正智術）。

劉備爭漢中，完全靠法正的幫助，才能打退曹操。蜀漢「緣山截嶺」的山地突擊戰術，大概就是法正設計出來的。可惜法正死得太早（西元二二〇年），否則有他相助，劉備接下來的軍事局面可能會有所不同。

既然漢中戰役和入川的軍師都不是諸葛亮，那麼諸葛亮在這段時間到底在做什麼？答案是：諸葛亮坐鎮成都，替劉備「足食足兵」。他擔任的角色，類似今天的後勤司令兼行政長官。至於史實上諸葛亮和劉備的關係，我們稍後將會討論。

法正像，法正原本是劉璋的部下，後投歸劉備，深受劉備信任。

126

劉備眞的有分封
「五虎上將」嗎？

（關）雲長出郭，迎接入城。至公廨禮畢，雲長問曰：「漢中王封我何爵？」（費）詩曰：「五虎大將之首。」雲長問：「那五虎將？」詩曰：「關、張、趙、馬、黃是也。」

《三國演義》第七十三回

《三國演義》第七十三回裡，寫道劉備進位漢中王，大封群臣諸將，並且將關羽、張飛、馬超、趙雲、黃忠封爲「五虎上將」。所謂「五虎大將」，雖然在民間普遍流傳，但實際上史無其說。小說裡有這樣的說法，可能是受《三國志》中，陳壽把這五人的傳記編在同一組的影響。又有現代學者推論，所謂「五虎大將」，代表五人統領的五支蜀漢軍隊，分別是關羽的荊州軍團、張飛的漢中軍團、馬超的西涼軍團、趙雲的江州預備隊以及黃忠的東州兵團。但是這樣的推測也缺乏證據以資佐證。

考察正史上對五人爵位、諡號的記載，可知道五人的地位和際遇其實大不相同，根本無法相提並論。五人之中，關羽、張飛是劉備陣營基本幹部，又具有「國際知名度」，驍勇之名天下皆知，因此地位最高，又都死於劉備之前，所以在劉備時就已獲得諡號；馬超原來就是一方諸侯，知名度很高，他在劉備陣營具有「客卿」或是「洋將」的地位，可以提高劉備政權的正當性，因此也給與崇隆地位。

相反的，趙雲和黃忠，就沒有這麼好的待遇了。黃忠雖然在生前屢立大功，累封征西將軍、後將軍，地位稍接近關、張，可是只獲得關內侯爵位（沒有食邑的侯爵），始終沒有追封侯爵，直到蜀漢景耀三年（西元二六〇年）才獲追諡爲剛侯。趙雲地位更低，劉備在時，趙雲只是翊軍將軍，階級低關、張、馬超甚多，即使曾經兩次救過後主性命，在後主繼位時也沒有立即獲得封賞，反倒因爲諸葛亮第一次北伐失利的連帶責任，降

張飛戰馬超彩繪圖，兩人都被列為五虎上將之一。

級為鎮軍將軍。趙雲同樣也要等到景
耀三年，由姜維等人聯名上疏，才追
諡為順平侯，當時距離蜀漢滅亡，只
剩下三年。總之，不但所謂「五虎大
將」是小說家的杜撰，就是歷史上五
人的真實地位，也和一般民間所認知
的，有很大的差異。

關羽爲何發動襄樊之戰，
水淹七軍是眞是假？

細作人探聽得曹操結連東吳，欲取荊州，即飛報入蜀。漢中王（劉備）忙請孔明商議。孔明曰：「某已料曹操必有此謀；然吳中謀士極多，必教操令曹仁先興兵矣。」漢中王曰：「依此如之奈何？」孔明曰：「可差使命就送官誥與雲長，令先起兵取樊城，使敵軍膽寒，自然瓦解矣。」

《三國演義》第七十三回

關公喜曰：「于禁必為我擒矣。」將士問曰：「將軍何以知之？」關公曰：「魚入罾口，豈能久乎？」諸將未信。公回本寨。時值八月秋天，驟雨數日。公令人預備船筏，收拾水具。關平問曰：「陸地相持，何用水具？」公曰：「非汝所知也。于禁七軍不屯於廣易之地，而聚於罾口川險隘之處；方今秋雨連綿，襄江之水必然泛漲；吾已差人堰住各處水口，待水發時，乘高就船，放水一淹，樊城罾口川之兵皆為魚鱉矣。」

《三國演義》第七十四回

關羽的荊州軍團，爲什麼在建安二十四年（西元二一九年）突然發動北伐襄樊之戰，由於史料闕如，始終是三國歷史上不可解的謎團之一。《三國演義》把關羽北伐說成是孔明授意、劉備下令，是於史無據的。不過關羽發起這樣大規模的軍事行動，引發曹操、孫權兩大強權合力對付，不可能事前不向成都徵求同意，那麼劉備爲什麼會同意讓荊州軍團北進？關羽興兵時，益州方面爲何又全無支援，兵敗之時也沒有發救兵？都讓人不可理解。

按照諸葛亮「隆中對」的規劃，劉備集團有所謂「雙箭頭」軍事計畫，也就是「若跨有荊、益，保其嚴阻，西和諸戎，南撫夷越，外結好孫權，內脩政理；天下有變，則命一上將將荊州之軍以向宛、洛，將軍（劉備）身率益州之眾出於秦川，百姓孰敢不簞食壺漿以迎將軍者乎？誠如是，則霸業可成，漢室可興矣 。」這

129

個規劃中，荊州出兵有兩個前提，一是「天下有變」，二是益州、荊州同時出兵。

關羽出兵的時機，與上面兩個前提全不符合。首先是「孤軍輕出」：益州方面並未出兵，而荊州軍團卻單獨行動了。按照諸葛亮的規劃，荊州因為處於四戰之地，北方是曹魏，又與東吳共享長江天險，無險可守，就算出兵，只能當作誘敵的偏師，而不是主力。但是關羽出兵，卻看來不像是掩護劉備在漢中的軍事行動，因為關羽在夏季出兵，而劉備早在同年五月就已經攻占漢中。其次是「天下無變」：關羽出兵時，曹操在中原的統治沒有出現重大問題，境內也沒有大規模的叛亂，換句話說，關羽就算想用「政治作戰」，製造敵人內部動亂，也很困難。再加上東吳一直對荊州虎視眈眈，此方輕舉而彼方不妄動的情況下，即使關羽一度「威震華夏」，嚇得曹操想要遷都以避兵鋒，仍然造成「大意失荊州」、兵敗身亡的下場。

荊州丟失，對劉備集團的打擊之大，後果之嚴重，是無法估算的。蜀漢喪失了北伐襄陽、洛陽的最佳基地，以後諸葛亮六出祁山，只能從秦嶺、漢中翻山越嶺，繞道遠路，勞而

少功了。關羽敗亡，自己要負上最大責任。也許他當初進兵襄樊，只是一種嘗試性的攻擊，沒想到進展出乎意料的順利，便急於搶攻，忽略後方了。而劉備、諸葛亮、法正等人，對關羽過於放心，輕忽大意，沒有注意東吳方面的舉動，或是調一大將（比如趙雲）鎮守南郡，為關羽穩定後方，也要負上一定的責任。

《三國演義》第七十四回上演關公「水淹七軍」的大場面。話說關公起兵，攻下襄陽，接著攻打樊城，曹

關羽水淹七軍圖。

操命老將于禁為統帥,猛將龐德為先鋒,率領七支軍隊前來迎戰。于禁軍隊到達樊城前線,龐德和關公單挑,不分勝負,當時正值八月秋天,大雨滂沱,關公將部隊移到高處紮營,卻發現于禁把七支軍隊都安放在隘口處下寨,於是,在一個月黑風高、大雨不止的夜晚,荊州軍決開水道,讓于禁的七支大軍全數泡湯。天亮後雨停,關公率船隊攻打魏兵,于禁投降,龐德雖然拚死力戰,但因為不懂水性,被周倉生擒。

在正史上,擊潰曹軍名將于禁所率援軍,的確是關羽戎馬一生的最高峰。根據《三國志·關羽傳》記載:于禁全軍覆沒,襄陽、樊城眼看不保,關羽所率領的荊州軍團兵鋒所指,許多在中原地區的盜匪或是游擊隊,這時都冒出頭來,接受關羽的任命和調度;曹操甚至一度被逼得考慮要遷都。套一句史書上的話,關羽「威震華夏」。「華夏」是中國的同義詞,以曹魏政權的角度來看:一個地方軍閥割據的軍頭,打得整個中國都震動了,關羽此時的威名,的確是天下皆知。

不過,關羽用水攻擊潰于禁軍隊,並不像小說所講的那樣,是先堵住漢水各處水口,然後再決開淹了于禁七軍。根據《三國志》參加這場戰役各人的傳記所記,當時連下了十多天大雨,樊城一帶平地水深五、六丈。漢時一丈約等於二三一公分,如果水深高達五丈,那表示于禁遇到的是史無前例的超級大水災!當然,關羽長期駐守荊州,對漢水、長江流域的水文氣候,可能比于禁熟悉,事前做好防災準備,然後趁這個機會,一舉攻破了于禁的七支軍隊。不過,事後趁水災進攻與事前神算,放水淹七軍,當然是有所差別了!

龐德落水被生擒,因寧死不降而被處斬。

131

華陀可能替關公刮骨療毒嗎？

> 須臾，血流盈盆。（華）佗刮盡其毒，敷上藥，以線縫之。公大笑而起，謂眾將曰：「此臂伸舒如故，並無痛矣。先生真神醫也！」佗曰：「某為醫一生，未嘗見此。君侯真天神也！」後人有詩曰：「治病須分內外科，世間妙藝苦無多。神威罕及惟關將，聖手能醫說華佗。」
>
> 《三國演義》第七十五回

　　話說關公放水淹了于禁七支精兵，殺了龐德，又引兵來攻打樊城。魏軍守將曹仁命令弓弩手齊放毒箭，關公右臂中箭落馬，被關平救回營中。眾將憂慮，到處求醫。不久名醫華陀到來，說這病可治，但醫治時疼痛難忍，需要在營區立一柱，手放入銅環中固定，然後用棉被蒙住頭，接著以尖刀刮開皮肉，刮去骨上箭毒，再敷藥就可以痊癒了。關公一笑，說這小事一件，何必要柱子呢？於是，邊和參謀馬良（就是馬謖的哥哥）下棋，邊讓華陀動手術，於是有了「刮骨療毒」的經典畫面。

　　但是很遺憾，小說中這一幕經典畫面，在歷史上不可能發生，因為華陀早在建安十三年（西元二○八年）就被曹操下獄處死了！無論如何是沒

辦法死而復生，在十一年後替關羽執行外科手術的！

　　倒是在歷史上，關羽確曾上演「刮骨療毒」的一幕，但小說裡所說關公受傷的時間與位置都不對。根據《三國志‧關羽傳》記載，關羽曾被流矢所傷，貫穿左臂，後來傷口雖然好了，但是每到陰雨的天氣，骨頭時常感到酸痛。有醫者進言，說這箭頭沾毒，已經透入骨中（矢鏃有毒，毒入於骨），必須要劃開手臂，然後把被毒浸染的骨頭刮去，才能徹底根治。（當破臂作創，刮骨去毒，然後此患乃除耳。）關羽聽了，就把手伸出來，讓醫者診治。這時候正好是關羽宴請諸將的時候，醫者割開他的手臂，下方盛血的盤器都滿溢了（臂血流離，盈於盤器），但關羽切烤肉來

刮骨療毒在歷史上實際存在，但替關羽療傷的人並非華陀。

吃、喝酒、和眾人說笑，好像沒事一樣。（羽割炙飲酒，談笑自若。）

從上面所述來看，關羽的確很能忍痛！只是他中箭的手臂，是左手而不是揮舞大關刀的右臂；而且，考察關羽在襄樊戰役時，並沒有受傷的記載，那麼關羽這場「刮骨療毒Live秀」的演出時間，應該在他鎮守荊州時或更早以前。最後，我們要很驚訝的指出：既然華陀早已往生，而幫關羽執行這場手術的醫者，在歷史上竟然沒有留下姓名，如果不是史書記載可能有誇大的嫌疑，那就是中國古代失傳的外科手術技術，實在太過高明了！

大老粗呂蒙爲何能成爲
東吳第三任都督。

（呂）蒙拜謝，點兵三萬，快船八十餘隻，選會水者扮作商人，皆穿白衣，在船上搖櫓，卻將精兵伏於舢艫船中。次調韓當、周泰、蔣欽、朱然、潘璋、徐盛、丁奉等七員大將，相繼而進。其餘皆隨吳侯為合後救應。一面遣使致書曹操，令進兵以襲雲長之後；一面先傳報陸遜，然後發白衣人，駕快船往潯陽江去。晝夜趲行，直抵北岸。江邊烽火臺上守臺軍盤問時，吳人答曰：「我等皆是客商；因江中阻風，到此一避。」隨將財物送與守臺軍士。軍士信之，遂任其停泊江邊。約至二更，舢艫中精兵齊出，將烽火臺上官軍縛倒，暗號一聲，八十餘船精兵俱起，將緊要去處墩臺之軍，盡行捉入船中，不曾走了一個。於是長驅大進，逕取荊州，無人知覺。

《三國演義》第七十五回

　　東吳孫權集團，一直以來實施一種很特別的「都督制」：孫權自己只主管東線國防，而授權首席將領擔任「都督」，負責西線的軍政、外交事務。在孫權稱帝以前，有四位將領先後出任都督，分別是周瑜、魯肅、呂蒙和陸遜。在這一章當中，我們要說的就是第三任都督呂蒙的故事。

　　先前說過，魯肅是東吳的「親劉派」，主張和劉備合作，對抗曹操，因此在荊州問題上，一直對劉備方面採取寬容態度。建安二十二年（西元二一七年）魯肅病逝，孫權任命呂蒙接任都督，主管西線防務。呂蒙一改魯肅的政策，向孫權建議，不需要仰仗劉備來抵禦曹操，應該攻打關羽，收回整個荊州。孫權同意，於是呂蒙規劃了「白衣渡江」作戰計畫：呂蒙先以健康因素，請辭都督一職，推薦陸遜繼任，並且故意用「露檄」（不密封的公文）寄送，讓消息外洩，以解除荊州守將關羽的戒心，果然關羽掉以輕心，放心發動襄樊戰役。呂蒙於是密選精兵，藏在商船中，雇用白衣（平民）搖櫓，將關羽沿長江設置的烽火臺守軍全部俘獲，所以呂蒙

攻下南郡，在前方作戰的關羽毫不知情。呂蒙入南郡後，開始心理作戰，厚待關羽和荊州將士的家屬，使得回軍反攻的關羽軍團士兵喪失鬥志，不戰自潰。關羽逃到麥城，被呂蒙部將朱然、潘璋等擒殺。

呂蒙本來是老粗出身，大字不認識幾個，十五、六歲的時候，就偷偷參加軍隊作戰，他母親知道了，極力勸阻，呂蒙卻說，我家出身貧窮，打仗才是建功立業最快的方法，「不探虎穴，焉得虎子？」呂母也只好「哀而捨之」。他因為英勇善戰，受到孫權賞識，逐步升官。孫權常鼓勵呂蒙，作戰之餘，也要能讀書進修。呂蒙聽進去了，後來手不釋卷，而且還結合戰場經驗，見識不凡。魯肅本來輕視呂蒙，不願意和他多交往，但有次魯肅拜訪呂蒙，對呂蒙建議的荊州戰略大為驚豔，說道：「你已經不是當日的吳下阿蒙了！」呂蒙回說：「士別三日，正當刮目相看！」後來魯肅去世前，便推薦呂蒙繼任都督。注意到了嗎？呂蒙的話裡，竟然有一大堆我們現在使用的成語！這樣看來，呂蒙還是位「成語發明家」！

規劃執行「白衣渡江」襲取荊州、接著擒殺關羽，是呂蒙戎馬生涯的最高峰，平定荊州不久，呂蒙就得病去世，年僅四十二歲。呂蒙作戰勇猛，善於謀略，對待同事也非常寬厚，他的死令孫權非常痛惜，為他降低衣食規格（有所降損），以作哀悼。當然，在《三國演義》裡，呂蒙在慶功宴上被關公英靈附身，大罵孫權而暴斃等等情節，都是小說的虛構。

士別三日，令人刮目相看的呂蒙。

曹丕其實沒有逼迫曹植七步成詩？

> （曹）丕又曰：「七步成章，吾猶以為遲。汝能應聲而作詩一首否？」（曹）植曰：「願即命題。」丕曰：「吾與汝乃兄弟也。以此為題。亦不許犯著『兄弟』字樣。」植略不思索，即口占一首曰：「煮豆燃豆萁，豆在釜中泣，本是同根生，相煎何太急！」曹丕聞之，潸然淚下。
>
> 《三國演義》第七十九回

　　《三國演義》第七十九回上演了「七步成詩」這場親情倫理大戲：曹操病逝，曹丕繼承魏王之位，積極準備篡漢登基，他忌憚弟弟曹植的才華，想找個理由除掉他。於是命曹植在七步之內吟詩一首，如果不行，就要加重治罪，曹植果然七步內就成詩一首。曹丕還不放過他，接著又要曹植馬上做詩一首，以兄弟為題，但詩裡不准用「兄弟」字樣。曹植慨然吟道：「煮豆燃豆萁，豆在釜中泣，本是同根生，相煎何太急！」（用豆莖來煮豆子，豆子在鍋裡哭泣：我們本來是同根所生，何必急著互相傷害！）曹丕聽了，慚愧流淚，於是貶曹植為安鄉侯，放弟弟一條生路。

　　「七步成詩」的故事，不見於《三國志》裡，而是被記載在《世說新語》當中，而《三國演義》裡曹植吟的那首詩，也不是《世說新語》的版本，可見在歷史上，究竟有沒有這

曹植畫像，曹植以七步成詩聞名。

樣一個曹丕逼迫曹植七步成詩的場合，恐怕要打上一個問號。

不過這樣的故事，反映出歷史上的曹丕、曹植兄弟為了爭奪嫡位，曾經進行過激烈的政治鬥爭，不把政敵徹底打垮，難以放心。在故事裡的曹植似乎比較弱勢，而身為勝利者的曹丕看來比較狠心。其實曹丕、曹植兄弟，都具有文采，而且都有政治才能。從曹操打敗袁紹，把總部遷到鄴城以後，曹丕和曹植就已經開始暗中角逐曹操政治繼承人的地位了。當時有一批文人長期和曹植往來，被稱為「鄴下文人集團」，實際上他們其中一部分人，各自參加曹丕、曹植嫡位之爭，可以算是他們兄弟爭奪嫡位的參謀團。曹植本來很受曹操喜愛，可是，他的個性比較放縱，不像曹丕謹慎小心，討父親曹操的歡心。

建安二十四年（西元二一九年），關羽圍困曹仁於樊城，曹操本來想任命曹植為將軍，帶兵前去解救，這是測試曹植軍事才幹的關鍵機會，但曹植竟然在這個時候喝得酩酊大醉，沒辦法接受命令（醉不能受命），曹操於是「悔而罷之」。後來曹操殺掉支持曹植的謀士楊修、立曹丕為世子，曹植就從政治鬥爭場域裡全面敗退了。

曹丕登基為帝後，封曹植為陳王，但是對他這位兄弟始終非常防範，好幾次遷徙他的封地，還派使者密切監視他的舉動。明帝曹睿繼位以後，曾經想要重新起用他這位叔父，但後來也因故作罷。鬱悶不樂的曹植在明帝太和六年（西元二三二年）去世，享年僅四十一歲。或許挫敗的政治生涯，加上後期飽受皇帝哥哥煎熬的半軟禁日子，就是使曹植的文學作品深度大為提高，成為「才高八斗」大詩人的原因吧。

曹植的全身畫像，圖為顧愷之《洛神賦圖》。

關興、張苞執行「不可能的任務」?

(關興、張苞)二將方欲交鋒,先主喝曰:「二子休得無禮!」興、苞二人慌忙下馬,各棄兵器,拜伏請罪。先主曰:「朕自涿郡與卿等之父結異姓之交,親如骨肉;今汝二人亦是昆仲之分,正當同心協力,共報父仇;奈何自相爭競,失其大義!父喪未遠而猶如此,況日後乎?」二人再拜伏罪。先主問曰:「卿二人誰年長?」苞曰:「臣長關興一歲。」先主即命興拜苞為兄。二人就帳前折箭為誓,永相救護。

《三國演義》第八十一回

　　關公兵敗走麥城,接著張飛又在睡夢中遇刺,桃園三結義在短時間裡,一下子就折損兩義,劉備哀痛欲絕,便要起兵伐吳,為兩位弟弟報仇。這時候,有兩位年輕小將出場,要求擔任先鋒,為父報仇,原來是關公的次子關興、張飛的長子張苞。

　　按照小說的講法,關興、張苞是蜀漢培養出的「二代兵力」。關興早在第七十四回末就已經登場,為日後活躍安排伏筆;張苞稍晚一點,於第八十一回向劉備報喪時出場。之後兩人跟著劉備東征、殺了殺父仇人潘璋、馬忠、范疆、張達等,之後又隨孔明北伐中原,屢建大功。小說裡,張苞在二出祁山時因為追趕魏將郭

張苞隨孔明北伐,屢建功勳。

淮,不慎發生「車禍」,跌入山澗中,頭部受傷,送回成都療養,不久去世;關興則是在孔明六出祁山前夕病逝。兩人的死,都讓孔明放聲大哭。

在《三國志》裡,關興、張苞的生平,附在父親傳記後面,各只有短短幾行字。關興,字安國,年輕時就有好名聲(少有令問),諸葛丞相非常看重(深器異之),滿二十歲就讓他擔任侍中、監軍等職務,幾年以後就去世了(數歲卒)。可見關興比較像是文官,沒辦法上馬殺敵。張苞呢?史載:「長子苞,早夭。」看來小說裡繼承父親張飛丈八蛇矛、勇敢善戰的張苞,只是羅貫中為他虛構的「不可能的任務」了!

這裡附帶一提,正史裡擒獲、擊殺關羽的東吳將領,如潘璋、馬忠等人,當然也不是被關興殺死的。《三國志·潘璋傳》裡說,潘璋在擒獲關羽以後,又和陸遜合力抵抗劉備。夷陵之戰,他的部下殺死劉備的將領馮習,殺傷很多蜀軍,因功被孫權封為平北將軍、襄陽太守。潘璋病逝在吳嘉禾三年(西元二三四年),看來作者讓小說裡的潘璋少活了十多年!至於范疆、張達等人,叛逃到吳國以後的事蹟,在史書上都找不到記載,小說裡他們被東吳送回劉備處,讓張苞殺死來祭奠父靈的情節,自然也不存在。

手拿殺父仇人潘璋頭顱的關興。

劉備攻打東吳，
眞只是爲了關羽報仇？

先主欲起兵東征，趙雲諫曰：「國賊乃曹操，非孫權也。今曹丕篡漢，神人共怒。陛下可早圖關中，屯兵渭河上流，以討凶逆，則關東義士，必裹糧策馬以迎王師；若捨魏以伐吳，兵勢一交，豈能驟解。願陛下察之。」先主曰：「孫權害了朕弟；又兼傅士仁、糜芳、潘璋、馬忠皆有切齒之仇；啖其肉而滅其族，方雪朕恨！卿何阻耶？」雲曰：「漢賊之仇，公也；兄弟之仇，私也。願以天下為重。」先主答曰：「朕不為弟報仇，雖有萬里江山，何足為貴？」遂不聽趙雲之諫，下令起兵伐吳。

《三國演義》第八十一回

從建安二十四年（西元二二○年）關羽被害，到劉備稱帝（西元二二一年）後的一年多，劉備大概只忙著一件事：起兵東征，攻打東吳。

劉備為什麼放著剛當上的皇帝寶座不坐，非要馬上出兵不可？當然，替關羽復仇絕對是其中一項考量。我們說過劉備用人，以情感相結，用現在的話來說，就是感情放很重，好處是換得手下全部都死心塌地，鞠躬盡瘁，但壞處就是遇到重大關頭，不免感情用事。關羽雖然在正史裡並不是劉備桃園三結義的拜把兄弟，但是也是忠心耿耿、數十年如一日的老幹部。關羽北伐曹魏，正在順利的

當口，後方竟然被盟友東吳偷襲，而且落了個身首異處的下場，對劉備來說，這口氣無論如何是嚥不下去的。不過，如果只單純從替關羽報仇這個情感動機來解釋劉備的東征，就難免會忽略下面幾個在政治、心理上可能的原因。

首先是之前提到的：荊州的丟失，對蜀漢政權的影響實在太大。尤其關羽長期駐守荊州，在南郡、江陵、公安等地經營了很久，所有軍事器械、糧食、船隻、馬匹等物資，在荊州爭奪戰後，全部落入東吳之手。但是東吳雖然拿下荊州，其實立足還不穩，策劃執行整個「白衣渡江」偷

襲計畫的東吳主將呂蒙，在戰後不久就病死了，接任的陸遜，是位年輕書生，也沒有什麼顯赫戰功，搞不好，在劉備眼中還不是個「咖」，能不能壓住陣腳都不知道。加上荊州才剛淪陷，地方上忠於劉備集團、「孫皮劉骨」的人，必定還有不少，要是劉備很快出兵，也未必不能搶回荊州、重拾人心。

其次是這時的劉備，年已六十，和曹操一樣，不再像年輕時那樣有鬥志、氣魄了，有了怕苦畏難的心理。劉備當然知道曹操是「國賊」，但是他一生顛沛，都是因為吃了曹操的虧，心理上其實對曹操有種畏懼感，覺得要消滅曹魏、恢復漢室，是一項極為困難的大工程。相對來說，孫權就沒那麼可怕。以前和孫權是盟友，現在雙方翻臉，曹魏、東吳都是敵人，先打誰呢？柿子挑軟的吃，當然先拿相對來講比較弱的東吳開刀。

想要趁東吳剛奪下荊州，立足未穩之際搶回失地，又加上「柿子挑軟的吃」的心態，欺負陸遜是個後生晚輩，也難怪劉備不顧眾臣勸阻，非要用替關羽報仇為名，東征荊州了！

劉備、關羽、張飛感情甚篤。

什麼是孫權的
「老三哲學」？

邢貞自恃上國天使，入門不下車。張昭大怒，厲聲曰：「禮無不敬，法無不肅，而君敢自尊大，豈以江南無方寸之刃耶？」邢貞慌忙下車，與孫權相見，並車入城。忽車後一人放聲哭曰：「吾等不能奮身捨命，為主並魏吞蜀，乃令主公受人封爵，不亦辱乎！」眾視之，乃徐盛也。邢貞聞之，歎曰：「江東將相如此，終非久在人下者也！」

《三國演義》第八十二回

　　曹丕篡漢稱帝，接著劉備在益州也當上皇帝，而且編組軍隊，準備攻打東吳。那孫權呢？蜀漢眼看著就要打過來，北邊曹魏可能也想順便撿便宜。這時候的東吳，要怎麼應付這個局面？

　　孫權選擇暫時向曹魏稱臣，也就是先承認曹丕這個皇帝的合法性，而東吳是曹魏的藩屬國。孫權這麼做的原因，是因為在對付劉備的同時，必須先穩住北邊的曹丕。魏、蜀、吳三大集團，在政治形勢上形成一個非常微妙的恐怖平衡，一場荊州爭奪戰，牽動三方勢力，更引來了劉備傾全國之兵，想搶回荊州（根據禚夢庵先生推測，孫權之所以對劉備進攻會這樣恐懼，是因為當時劉備又練成一批新

軍）。如果在抵抗劉備時，曹魏趁機偷襲，那東吳將無法抵擋。因此孫權接受曹丕冊封為「吳王」。

　　但是，吳魏這時聯手，不代表長期結盟；吳蜀交戰，也不是徹底翻臉。孫權雖然對魏稱臣，但擺明是心不甘情不願（外託事魏，誠心不款），最明顯的證據，是拒絕曹丕要他把長子送到洛陽的要求，而且還自建年號為「黃武」。易中天先生在他的《品三國》裡分析孫權的「黃武」年號，剛好就是取曹丕的「黃初」和劉備的「章武」各一個字，合組而成。雖然不知道易先生根據哪一條史料做這樣的解釋。不過，假使易先生的分析有所本，「黃武」這個年號，倒是很能體現孫權兩邊不得罪的態

度。同年陸遜大破劉備，西線的威脅暫時解除，但曹丕卻率大軍南下，孫權又馬上對劉備拋出和解的訊息。等到劉備病死，蜀漢由諸葛亮執政，蜀吳和好，孫權就放心的對曹魏撕破臉了。

　　不但避免兩線作戰，孫權還很沉得住氣，他這個曹丕封的吳王，一當就是八年，直到曹丕死去，魏明帝太和三年（西元二二九年），諸葛亮已經發動北伐，孫權覺得時機成熟，才改元黃龍，放心稱帝。我們看孫權的前半生，總是不斷的忍耐與等待，直到機會到來，才斷然出手，一擊取勝。這個時期的東吳，因此幾乎沒有打過敗仗。陳壽說孫權能夠「屈身忍辱」，很像臥薪嘗膽的越王勾踐（有勾踐之奇），果然是個豪傑人物（英人之傑）。這樣說來，孫權凡事非要當三國中的「老三」不可，背後的含意是很深的！

紫髯碧眼號英雄
能使韜略除耳盡
忠二十四年承大
江葉龍盤雄踞左
東

《三國演義》記載孫權為「碧眼紫髯，堂堂一表人才，」

夷陵之戰，
眞有火燒連營七百里？

初更時分，東南風驟起。只見御營左屯火發。方欲救時，御營右屯又火起。風緊火急，樹木皆著，喊聲大震。兩屯軍馬齊出，奔離御營中，御營軍自相踐踏，死者不知其數。後面吳兵殺到，又不知多少軍馬。先主急上馬，奔馮習營時，習營中火光連天而起。

《三國演義》第八十四回

本節討論的是劉備東征，也就是三國三大戰役的壓軸之作——蜀吳夷陵之戰，在歷史上的經過，還有雙方成敗的原因。

蜀漢章武二年（西元二二二年，同時也是魏黃初三年，吳黃武元年），劉備大軍東出三峽，兵勢甚盛。《三國演義》中說先主起兵七十五萬，實際上有多少呢？根據《魏書》孫權給曹丕的報告中說，「劉備支黨四萬人，馬二三千匹，出秭歸」，光是「支黨」（部分軍隊）就已達四萬人，估計劉備的總兵力約有八、九萬人。而東吳守軍的兵力，大概不滿五萬人。這也是孫權畏懼劉備兵勢、企圖求和的原因之一。

對蜀漢來說，取勝之道，要善用長江優勢，順流而下，水陸並進，快

陸遜像，夷陵之戰奠定了陸遜的地位，路遜與周瑜、魯肅和呂蒙合稱四大都督。

速通過長江三峽地帶，占領江陵，如此就能扼住吳屬荊州的咽喉，速戰速決。對東吳來說，劉備軍威正盛，又是舉國來攻，帶來的是從入蜀以來新練成的精銳部隊，應當先避其鋒，不要全線布防，讓開由秭歸、宜都一帶的崎嶇山地，以逸待勞，待敵軍師老兵疲，進入預設的戰場，一擊取勝。

這場戰役進行約一年。戰事初期，劉備軍進展順利，連破東吳李異、劉阿諸軍。這時孫權命陸遜為大都督，節制所有軍馬，陸遜持重，據守不出。等到次年八月，劉備大軍士氣已經衰竭，派大將吳班在平地立營挑戰，然後在後方設伏兵，但是陸遜也沒有中計。陸遜知道反擊機會已到，先試攻蜀軍一個營寨，遭到擊退，眾將都認為這次進攻完全是浪費兵力，但陸遜卻經由此次試攻，知道蜀軍營寨虛實，於是大舉出擊。吳軍採用火攻，所有部隊都攜帶茅草縱火，劉備措手不及，被打得大敗。據史書記載，蜀軍死傷人數高達八萬，所有軍需物資，全部失去，在江上漂浮的死屍，幾乎要堵塞長江（其舟船器械，水步軍資，一時略盡，屍骸漂流，塞江而下）。

劉備戰術上的失誤，第一個是校長兼撞鐘，總司令當先鋒。但這也是無可奈何的事，因為原本預定的主將張飛被刺，趙雲又反對東征，劉備其實無將可用；另外就是又擺出了山地戰的陣勢，但紮營地是較平緩的丘陵，沒有山險可恃；同時因為時節已經到了盛暑，為了貪圖涼爽，把營寨紮在樹林附近，這就給了敵軍火攻的機會。劉備十多年前曾與東吳合作抗擊曹操，親眼目睹周瑜使用火攻戰術，以少勝多，這次舉兵東向，竟然不能記取教訓，難怪《三國志·陸遜傳》記載：劉備慘敗之後悲嘆：「朕竟然被陸遜那小子所羞辱，真是天意啊！（吾乃為遜所折辱，豈非天邪！）」

清代繪製的陸遜彩像。

陸遜眞被孔明
困在八陣圖裡嗎？

（陸遜）上馬引數十騎來看石陣，立馬於山坡之上，但見四面八方，皆有門有戶。遜笑曰：「此乃惑人之術耳，有何益焉！」遂引數騎下山坡來，直入石陣觀看。部將曰：「日暮矣，請都督早回。」遜方欲出陣，忽然狂風大作，一霎時，飛沙走石，遮天蓋地。但見怪石嵯峨，槎枒似劍；橫沙立土，重疊如山；江聲浪湧，有如劍鼓之聲。遜大驚曰：「吾中諸葛之計也！」急欲回時，無路可出。

《三國演義》第八十四回

　　卻說夷陵之戰，東吳陸遜用孫氏政權擅用的火攻戰術，一舉燒垮劉備的復仇之師，一時之間，川兵蜀將是死的死，降的降，所有兵器糧草，不是資敵，就是被燒得乾乾淨淨。劉備到老還是得用上逃命的大絕招，而陸遜率兵在後緊追。

　　劉備之所以有此慘敗，除了捨棄原本水陸並進、順流而下的優勢，還依山林紮下營寨，剛好提供了陸遜火攻的大好機會外，劉備本人也剛愎自用，不聽建議。關於這點，《三國演義》為了強調諸葛孔明神機妙算，特意在第八十四回，安排劉備方面的隨軍參謀馬良，對劉備的部署提出疑慮，並且建議要詢問諸葛丞相的意

見。劉備雖然堅稱關於用兵，他也是個老經驗了，不過還是讓馬良帶著兵力部署圖回西川讓丞相瞧瞧。孔明見到這份堪稱完全送死的兵力部署圖，自然大驚，趕忙要馬良回去，讓劉備修改部署，但西蜀到荊州路途遙遠，哪裡來得及？重點就在這裡：馬良問諸葛亮，如果我趕回去，吳兵已經戰勝，那怎麼辦？孔明說，沒關係的，我早在魚腹浦伏下十萬兵，可保成都無虞。後來陸遜追擊至此，被困在孔明佈下的亂石陣「八陣圖」中，果然應了諸葛亮「伏兵十萬」之說。

　　所謂「江流石不轉，遺恨失吞吳。」八陣圖是什麼呢？大陸學者余明俠說，八陣圖「就是關於練兵、行

軍、作戰、宿營以及各個兵種（步兵、騎兵、弓弩手）之間因地制宜密切配合的陣法。」後世往往附會，所以把八陣圖傳說得神乎其神。

但是陸遜真的曾被困於八陣圖中嗎？答案當然是「沒有」。查「魚腹浦」的位置，就在白帝城西的江灘上。（白帝城在哪呢？是今天重慶市奉節縣的白帝山，三峽大壩完成後，水位提高，白帝山變成一座四面環水的島嶼，可以用遊輪接駁，上岸遊覽。）據《三國志》中的〈先主傳〉、〈陸遜傳〉記載，劉備兵敗逃至白帝城，吳軍眾將都建議追趕，乾脆趁此良機，打進川中，但陸遜僅以李異、劉阿兩支小部隊略追一陣（吳遣將軍李異、劉阿等踵躡先主軍），就鳴金收兵了。陸遜這麼作，主要顧慮若戰線拉長，北方曹丕很有可能會偷襲荊州。三國時代的國際政治，的確很微妙。打敗仗的人還滯留在三峽附近，不肯回去；贏家卻不敢繼續進兵。

所以，陸遜從來就沒有動過深入三峽，窮追劉備的念頭，當然也不可能被困在白帝城以西的八陣圖裡，巴巴的仰賴孔明岳父黃承彥老先生搭救出險了！

黃承彥像，演義敘述陸遜被困在諸葛亮的八陣圖中，後被諸葛亮岳父黃承彥救出。

白帝城託孤，
劉禪成為了擺飾皇帝？

先主命內侍扶起孔明，一手掩淚，一手執其手，曰：「朕今死矣，有心腹之言相告！」孔明曰：「有何聖諭！」先主泣曰：「君才十倍曹丕，必能安邦定國，終定大事。若嗣子可輔，則輔之；如其不才，君可自為成都之主。」孔明聽畢，汗流遍體，手足失措，泣拜於地曰：「臣安敢不竭股肱之力，盡忠貞之節，繼之以死乎！」言訖，叩頭流血。

《三國演義》第八十五回

卻說蜀漢後主劉禪，自即位以來，舊臣多有病亡者，不能細說。凡一應朝廷選法，錢糧、詞訟等事，皆聽諸葛丞相裁處。

《三國演義》第八十五回

劉備兵敗，逃回魚腹，改名永安，住了下來。到了章武三年初，他自知病情嚴重，連忙從成都召來丞相諸葛亮，把剛草創的國家和孱弱的太子都託付給諸葛丞相，甚至把話說得很透：如果劉禪不夠資格做皇帝，你可以取而代之！孔明聽了，淚流滿面的向劉備保證，他會忠貞報效國家，直到獻出自己生命為止（竭股肱之力，效忠貞之節，繼之以死）。

劉備又交代太子劉禪：今後要像對待父親那樣的對待丞相（汝與丞相從事，事之如父），不久後就駕崩於永安。這就是《三國演義》當中感人

肺腑的「白帝城託孤」橋段，劉備也在這裡，正式把男主角的位置移交給孔明。

小說中劉備「君可自為成都之主」的遺言，其實史書裡原話是「君可自取」。但是這句話也隱含許多疑團。「如其不才，君可自取」到底是什麼意思？難道說，真像小說中說的那樣，劉備授權讓諸葛亮即位當皇帝？

學者對這句話的解釋也有許多爭論，歷來有「君臣至公說」與「劉備心機說」，這裡先說第一種。《三國志》的作者陳壽評論這事，說這真是

古今君臣之間最大公無私的典範（誠君臣之至公，古今之盛軌也），因為劉備把整個國家託付諸葛亮，一點別的念頭也沒有（舉國託孤於諸葛亮，心神無貳）。陳文德先生在《諸葛亮大傳》中認為，這是劉備給諸葛亮應變的特權，用意在拯救新創而瀕危的蜀漢政權；易中天先生則認為這個「取」字，應該作「自行其是」解，劉備應該不至於把皇位拱手送人，而是授權諸葛亮行廢立大權，一旦阿斗真的扶不起來，隨時可以另立劉備的另外兩位兒子當皇帝。

當然也有學者從機詐權謀的立場來解讀劉備這番話。比如晉代的孫盛就認為，劉備臨終前這段話，實在是太過荒唐，因為如果所託付的人不是忠誠如孔明，而是像司馬懿那樣懷有異心的奸臣，豈不是給自己添亂嗎？清代大儒王夫之作《讀通鑑論》也說，劉備這番話心機很深，其實是放心不下諸葛亮，故意說反話，逼著他表態效忠。

兩種說法，其實各有道理，但是因為陳壽原文僅及於此，難以詳究，所以也都只是從不同角度出發的解釋罷了。不過我們在這裡還是比較傾向陳壽的說法，「永安託孤」是劉備在大敗之後，痛定思痛，所做出的真誠決定。

按照劉備的遺囑，繼位的劉禪不論大小事，都要請教諸葛丞相的意見。劉禪有沒有照辦呢？有的。不但所有事情都交給諸葛丞相，並且還更進一步，在即位後封諸葛亮為武鄉侯、益州牧，並且讓諸葛亮組織自己的丞相府，獨立辦公。其中，「益州牧」這個職位本來是劉備自領的，雖然蜀漢自稱是正統，但是天下九州，蜀漢的領土，實際只有益州，現在

劉禪像，劉禪雖為皇帝，但大小事都交給諸葛亮處理。

把這個職位也交給孔明，用今天台灣的說法來講，諸葛亮的職位就等於是「行政院院長、台灣省主席兼國防部參謀總長」，蜀漢上下，從中央到地方，從行政、軍事到外交，所有事務都交給他了。

在這種政治體制下，皇帝劉禪扮演什麼樣的角色呢？答案是類似現代內閣制國家的「虛位元首」——他代表國家，但是他什麼權力也沒有。在《三國志‧後主傳》裡，裴松之引用《魏略》的記載，劉禪曾經說「政務是諸葛丞相負責，祭祀的事情交給朕（政由葛氏，祭則寡人）」這句話，充分顯示他在諸葛亮掌政期間，只是象徵性君主的事實。

接下來我們要問一個《三國演義》裡從來沒有提到的問題。當這種虛位元首，劉禪開心嗎？雖然我們不知道劉禪講上面那段「祭祀交給朕」的話，是什麼口氣，但是他的心情，大概不會太好。為什麼呢？根據史書記載，從後主即位（蜀漢建興元年，西元二二三年）到諸葛亮死（建興十二年，西元二三四年）這十二年間，皇帝似乎從來沒出過宮門一步！諸葛亮死後一年多，後主視察著名水利工程都江堰，這件事，《三國志‧後主傳》還特別記錄；這個時候，後主已

經是位三十一歲的成年人了！在這十二年中，諸葛相父似乎沒有訓練劉禪親政的打算，而且上表言事，三不五時要搬出劉備來教訓一下他，劉禪心中有所怨懟，也是可想而知的。

諸葛亮其一生「鞠躬盡瘁、死而後已」，是中國忠臣與智者之代表。

劉備得諸葛亮，
真是「如魚得水」嗎？

卻說（劉）玄德自得孔明，以師禮待之。關、張二人不悅，曰：「孔明年幼，有甚才學？兄長待之太過！又未見他真實效驗！」玄德曰：「吾得孔明，猶魚之得水也。兩弟勿復多言。」

《三國演義》第三十九回

劉備的前半生，雖然聲望挺高，但是悽悽惶惶，東奔西走，始終寄人籬下，沒有立足之地，直到遇上諸葛亮，才一步步實現「隆中對」的規劃，控有荊州，規取巴蜀，終於稱霸一方。因此在《三國演義》裡，劉備對諸葛亮非常信任，言必聽、計必從（東征之役例外），簡直把孔明軍師當成老師一樣看待；沒了孔明，劉備就還真不知道該怎麼辦，所以才會有「如魚得水」的說法。

那個神機妙算、鬼神莫測的「孔明軍師」是小說中的角色，至於正史裡諸葛亮在劉備擔任「蜀漢集團董事長」期間，到底擔當什麼角色？古往今來有各種看法。

懷疑諸葛亮在劉備時期其實只是「B咖」的人指出，劉備並不那麼信任、重視諸葛亮，有以下幾個證據：

第一，劉備西進益州，沒把諸葛亮帶去，這怎麼能叫做軍師呢？第二，劉備和曹操爭奪漢中，真正的軍師是法正，諸葛亮又被留在成都擔任行政工作；第三，荊州是劉備賴以起家的根本重地，而這個地方，劉備交給關羽鎮守，而不是諸葛亮；最後，劉備東征，也沒帶上諸葛亮，而根據諸葛亮自己在事後感嘆的說：「如果法正還在世就好了，他一定能讓主上打消伐吳的念頭；就算主上還是執意要去，有法正跟著，也不會遭此失敗啊！（法孝直若在，必能制主上東行也，則令東行，必不傾危矣）」這不是在說自己在劉備心目中，還沒有後來加入的法正重要嗎？

撰寫《策略規畫家：諸葛亮大傳》的陳文德先生，從商業經營的角度，把劉備集團的興亡當作公司的經

營發展來剖析，提供了很有趣的視角：劉備和諸葛亮的關係，其實經過很多時期的演變與發展。

初出茅廬之時，諸葛亮選擇了劉備這間規模小、業績差，又快倒閉的小公司，當作一生志業，這時候他的角色，的確是策略規劃師，或是首席經營顧問的角色；等到劉備集團慢慢茁壯，各方人才逐一加入，諸葛亮就轉而擔任「總務部經理」，爲劉備處理後勤、行政事務，這也是因爲劉備是個創業型的「董事長兼總經理」，凡事喜歡自己到第一線，諸葛亮的任務，不是小說裡的「軍師」，而是負責穩定劉備後方的「大管家」。要等到劉備過世以後，諸葛亮才升任蜀漢王朝的總經理一職。

那麼，諸葛亮在劉備心目中，到底有沒有份量呢？答案是：當然有，而且還很重要！公司裡管錢和處理行政的主管，不都是老闆最信任的心腹嗎？

諸葛亮的地位類似於劉備勢力後方的大管家。

孔明南征，率領「蜀漢夢幻隊」？

是日，孔明辭了後主，令蔣琬為參軍，費禕為長史，董厥、樊建二人為掾史；趙雲、魏延為大將，總督軍馬；王平、張翼為副將；並川將數十員：共起川兵五十萬，前望益州進發。

《三國演義》第八十七回

南中諸郡聯合蠻王孟獲造反，諸葛亮決心親自率領大軍前往征討，這是《三國演義》第八十七回的主要劇情。不過，小說裡參與南征的文武陣容，簡直就像是當時蜀漢政權的明星隊！先看武將陣容，不但有五虎大將當中的趙雲，還有猛將魏延，又有張翼、王平擔任副將；當大軍進發，突然有一人求見孔明，說他是關公的第三個兒子關索，自從荊州失陷，就逃難養傷，孔明聽了，也沒有對他施以職前訓練，或是辦個測試會考武藝，就直接任命關索為先鋒，一起征南。更誇張的是，後來馬岱押糧到前線，孔明也命他和手下的運輸大隊直接上前線作戰！

再看小說中隨從南征的文臣參謀團陣容：高級幕僚蔣琬、費禕、董厥、樊建全部參加，等於把整個丞相府都搬來軍營隨他南征了！不僅如此，當馬謖奉後主之命前來勞軍時，

蔣琬為蜀漢四英之一。

因為提出了「攻心為上」的正確戰略，也被孔明留下來一起南征！看來孔明是把整個蜀漢政權組成一支「明星隊」南征，孟獲哪有不敗的道理呢？

這樣一個夢幻南征陣容，不但不合史實記載，即使以蜀漢當時的國防、內政局面來說，也是絕不可能的。首先，小說中參加南征的大將魏延，這時候擔負著防守漢中前線的重責大任，決不可能抽調；至於趙雲，這時擔任首都衛戍司令官（中護軍），也不可能放下首都治安、禁軍訓練的職責，隨軍南征。小說中的副將：張翼、王平、馬岱等，這時都駐守在北方前線，提防曹魏可能的進犯；而丞相府諸位幕僚，因為需要在諸葛丞相南征時確保政府運作如常，必須駐守成都，更不可能隨同南下當參謀。至於關索，則是小說的虛構角色，史無其人。

史實上真正擔任南征任務的，是長期處理西南軍政、了解地方狀況的馬忠、李恢等人。南征軍分作三路，東路軍由馬忠率領，直趨牂柯郡；中路由李恢統率，往益州郡孟獲的根據地；西路軍是蜀漢南征主力，由諸葛亮本人率領，約定三路兵馬在滇池（今昆明市）會師。南征所動員總兵力，根據學者研究，應該不到六萬人，當然也不可能如小說所講的五十萬大軍。至於小說裡鎮守北方前線的馬超，早在章武二年（西元二二二年）就已經去世，這時候哪能還魂，再擔任前線守將呢！

馬岱為馬超的堂弟，隨馬超投歸劉備。

孟獲有位黃髮碧眼的哥哥叫孟節？

> 次日，孔明備信香、禮物，引王平及眾啞軍，連夜望山神所言去處，迤邐而進。入山谷小徑，約行二十餘里，但見長松大柏，茂竹奇花，環繞一莊；籬落之中，有數間茅屋，聞得馨香噴鼻。孔明大喜，到莊前扣戶，有一小童出。孔明方欲通姓名，早有一人，竹冠草履，白袍皂條，碧眼黃髮，忻然出曰：「來者莫非漢丞相否？」孔明笑曰：「高士何以知之？」隱者曰：「久聞丞相大纛南征，安得不知！」
>
> 《三國演義》第八十九回

話說孟獲負隅頑抗，被孔明大軍一再擊敗，只好帶領殘兵與老弟孟優會合，投奔禿龍洞主朵思大王去也。朵思向孟獲簡報了一番本洞防禦優勢。通往禿龍洞的大路之上有瘴氣，每天只有六小時能夠通行；更厲害的是小路旁有四口毒泉，誤飲不但會全身癱瘓，不能言語，還會全身發黑而死。蜀將王平率士兵走小路前進，果然誤飲毒泉水，全部都癱瘓在地，孔明大驚，但天幸得東漢伏波將軍馬援顯靈，指引他前去拜訪一位隱者尋求破解毒泉祕法，孔明依言前往，卻發現這位「碧眼黃髮」的隱士高人，竟然是孟獲的哥哥孟節！

為了澄清孟獲有沒有這樣一位黃髮碧眼的兄弟，這裡有必要介紹一下正史當中的孟獲生平。

根據《三國志》所記載，孟獲是益州建寧郡人，為「地方豪強」——大概也就是現代所說的「土豪劣紳」或「意見領袖」之類，在地方上很有影響力。劉備駕崩的消息傳出後，雍闓趁這個機會造反，孟獲就在這個時候加入叛軍（《三國演義》把孟獲封為「南蠻王」，而雍闓、高定等人都是他的下屬，這和正史剛好是本末倒置的）。在雍闓、高定內鬨潰敗以後，孟獲接管叛軍，繼續和諸葛亮的南征軍作戰，期間，幾次戰敗被抓，卻都被諸葛亮釋放。孟獲終於感激諸葛亮的恩德，決定歸順蜀漢。諸葛亮

貫徹「南人自治」原則，不留兵在南中駐守，而孟獲後來還進入蜀漢中央政府任職，擔任御史中丞一職（相當於台灣的監察院院長）。

孔明南征是《三國演義》中想像力大爆發的片段，不但把孟獲封了個南蠻王的頭銜，還虛構了許多具有異國風情的橋段和人物（比如木鹿大王的野獸部隊，以及烏戈國的藤甲兵），現在又冒出個金髮碧眼的白人孟節！其實，關於孟獲的種族，也是個史書上沒有說清楚的謎團。

孟獲到底是漢人還是部落酋長，歷來的學者專家們也進行過考證。現在比較有共識的說法，是認為孟獲應該是久居在今日雲南一帶的漢人，已經「胡化」了，所以既能是「地方豪強」，又可以進中央當高官。孟獲既然是漢人，那麼羅貫中情商白人演員來參演孟獲的哥哥一角，可就有點奇怪了！

孟獲像，演義中對孟獲有豐富的劇情描述，如將孟獲奉為蠻王，歷史並無記載。

眞有「七擒七縱」這件事嗎？

孟獲垂淚言曰：「七擒七縱，自古未嘗有也。吾雖化外之人，頗知禮義，直如此無羞恥乎？」遂同兄弟妻子宗黨人等，皆匍匐跪於帳下，肉袒謝罪曰：「丞相天威，南人不復反矣！」孔明曰：「公今服乎？」獲泣謝曰：「某子子孫孫皆感覆載生成之恩，安得不服！」孔明乃請孟獲上帳，設宴慶賀，就令永為洞主。所奪之地，盡皆退還。孟獲宗黨及諸蠻兵，無不感戴，皆欣然跳躍而去。

《三國演義》第九十回

　　孔明率領五十萬大軍，於蜀漢建興三年（西元二二五年）春天，離開成都，征討南中叛亂的孟獲等人，這就是《三國演義》中最具異想風格的南征片段。從第八十七回起，一直到九十一回，孔明和他的「蜀漢夢幻隊」渡過瀘水，深入不毛之地，先擊潰勾結孟獲造反的雍闓、高定、朱褒等人，然後用激將法，讓趙雲、魏延突襲孟獲的三洞元帥——金環三結、董荼那、阿會喃等，再破前來助戰的朵思大王、帶來洞主等人，最後攻破孟獲軍，生擒孟獲。但孟獲認為孔明詭計多端，並不心服，於是孔明放他回去，約好再戰，但無論孟獲如何想方設法為難孔明，最後都兵敗被抓。

這樣的戲碼一再上演，直到第七次，孔明用火攻人破孟獲請來助拳的藤甲兵，終於讓孟獲心服口服，從此不再造反，「蜀漢夢幻隊」大獲全勝。這就是小說中著名的「七擒七縱」片段。

　　在歷史上，諸葛亮眞的這樣「七擒七縱」孟獲嗎？關於這點，從古到今有很多不同的看法，我們歸納一下，大概可以分成三種，第一種是「完全相信」；第二種是「完全否定」；第三種是「折衷採納」，各有支持者。先說第一種，宋代史學家司馬光編寫《資治通鑑》，就採納了諸葛亮七擒七縱的說法，司馬光治學非常嚴謹，如果沒有證據，應該是不會

輕易的探信的。還有學者不但完全相信小說中孔明七擒七縱孟獲，甚至把每次抓到孟獲的時間、地點都考證出來了，這種看法，以清代學者張若驌的《滇雲紀略》一書為代表。

第二種看法，則不相信諸葛亮在北方曹魏仍虎視眈眈之際，竟然停留在南中和孟獲玩捉迷藏遊戲。如清代《通鑑輯覽》這部書上說：「七擒七縱為記載所豔稱，真是沒知識到一個程度了！（無識已甚）當然，對付蠻夷要讓他們心服，但抓來又放，簡直就是兒戲，一次就很過分了，還來個七次？（然以縛渠屢遣，直同兒戲，一再為甚，又可七乎？）」

第三種說法折衷上述兩種，認為諸葛亮生擒孟獲，卻又釋放是可信的，只是沒有七次那樣多罷了。持這類說法的人，認為諸葛亮擒縱孟獲這件事，有《華陽國志》、《漢晉春秋》等距離當時不遠的史料證實，而漢代人喜歡用「七」這個數字來統稱複數。但考察諸葛亮實際南征的時間，只有兩個多月，如果真要完成「七擒七縱」，時間恐怕太趕。因此，《諸葛亮評傳》的作者余明俠先生綜合以上各種說法，認為諸葛亮為了要使南中心服，擒縱孟獲是可信的，我們也覺得這個論斷比較合理。

當然，即使七擒七縱可信度頗高，但也不太可能會如小說所描述的那樣光怪陸離的。

諸葛亮七擒七縱，終於讓孟獲心服口服。

老將趙雲力斬五將，
一場虛構的光榮退場秀！

> 韓德見四子皆喪趙雲之手，肝膽皆裂，先走入陣去。西涼兵素知趙雲之名，今見其英勇如昔，誰敢交鋒？趙雲馬到處，陣陣倒退。趙雲匹馬單槍，往來衝突，如入無人之境。
>
> 《三國演義》第九十二回

《三國演義》第九十一回中寫到，話說孔明調兵遣將，準備北出祁山，克復中原，突然有一老將上前，厲聲詢問：「我雖年邁，尚有廉頗之勇，馬援之雄。此二古人皆不服老，何故不用我耶？」原來是趙雲。孔明說，自從他南征回來以後，老將紛紛過世，現在趙老將軍年事已高，怕上戰場閃到腰，減卻我軍銳氣，還是請留在成都養老。趙雲就是不肯，說如果孔明不用他當先鋒，他就一頭撞死階下！孔明無奈，只好請鄧芝相助，以趙雲為先鋒出征。而趙雲果然神勇如當年，施展往日虎威，斬殺西涼大將韓德和他的四個兒子。

這段「趙子龍力斬五將」，是非常喜愛趙雲的羅貫中，為他特別增寫的一場「光榮退場秀」。正史上有沒有這件事呢？當然是子虛烏有。按照《三國志》，趙雲的確參加了諸葛亮的第一次北伐，而且事前就受到任務指派，什麼任務呢？擔任疑兵，吸引魏軍。〈趙雲傳〉說：諸葛亮出兵，揚言要從斜谷攻打長安（亮出軍，揚聲由斜谷道），引來曹真的魏軍主力（曹真遣大眾當之），其實這支部隊，是由趙雲、鄧芝所率領的一萬餘人。結果，蜀漢真正的主力部隊在街亭打敗仗，趙雲的佯攻部隊也因為寡不敵眾，「失利於箕谷」。所幸趙雲不愧是有經驗的老將，使用蜀漢慣用的山地戰術，守住了戰線（斂眾固守），打了敗仗，但並沒有潰散（不至大敗）。所以，趙雲的人生最後一戰，其實是以敗仗收場的。

〈趙雲傳〉引用《雲別傳》上

說，諸葛亮撤回漢中以後，問趙雲軍的副指揮官鄧芝：我軍在街亭兵敗，整個建制都被打亂（街亭軍退，兵將不復相錄），可是箕谷退兵時，卻很有秩序（兵將初不相失），這是為什麼？鄧芝回答：我軍撤退時，趙老將軍親自斷後（雲身自斷後），所以，所有軍事物資，沒有什麼損失（軍資什物，略無所棄），而部隊建制也保持完整（兵將無緣相失）。諸葛亮就決定以趙雲軍帶回的布匹賞賜給他，趙雲婉拒了。他說，我軍打了敗仗，怎麼能接受賞賜呢？（軍事無利，何為有賜？）還是請丞相把這些軍用布匹都存入倉庫，等冬天時按規定分發吧。（其物請悉入赤岸府庫，須十月為冬賜）諸葛亮聽了更是感動。

這就是歷史上的趙雲最了不起的特質：公忠體國。從荊州時期起，趙雲就是最能與諸葛亮配合的將領，無論被分派什麼樣的任務，趙雲都能謹慎穩重的完成，並且時時刻刻從大局著想、考量國家的利益。很奇怪的，無論是在劉備或者諸葛亮時期，趙雲都沒有獲得重用，到箕谷擔任一萬名佯攻疑兵的主帥，是趙雲最後一次、也是規模最大的獨當一面任務。我們只能想像那個激流般的時代，可能像魏延那樣勇猛、或者馬謖這樣能言善

道的人物，才有獲得大用的可能吧！

演義特別為趙雲增寫了一段光榮退場秀。

160

魏延的子午谷奇謀，孔明爲何不同意？

魏延上帳獻策曰：「夏侯楙乃膏粱子弟，懦弱無謀。延願得精兵五千，取路出褒中，循秦嶺以東，當子午谷而投北，不過十日，可到長安。夏侯楙若聞某驟至，必然棄城望橫門邸閣而走。某卻從東方而來，丞相可大驅士馬，自斜谷而進：如此行之，則咸陽以西，一舉可定也。」孔明笑曰：「此非萬全之計也。汝欺中原無好人物，倘有人進言，於山僻中以兵截殺，非惟五千人受害，亦大傷銳氣。決不可用。」

《三國演義》第九十二回

這一問當中要講的是本書「魏延三部曲」的第二集：子午谷奇謀。話說不受重用的魏延，在孔明首次出兵北伐時，來帳前獻策：由他率領五千精兵，攀山越嶺，走直線距離，十天可到，直取長安。魏延也做了「敵情調查」：長安守將駙馬夏侯楙，是個紈褲子弟，聽到蜀軍由天而降，一定嚇得馬上逃走，長安唾手可得。這樣一來，只要堅守長安幾天，等孔明率領的主力部隊到達，長安以西都可以光復了。無奈孔明認爲這不是萬全之計，不肯採用，還是決定從隴右大路進兵，魏延更加不滿，覺得丞相太過小心，自己的大才被壓抑不用。

小說中魏延的子午谷奇謀，確實記載於史書中。《魏略》裡魏延向諸葛亮提報的軍事企劃案，比《三國演義》裡描寫得更具體。魏延要求率領五千精兵、五千背負糧食的後勤部隊，由褒中（今陝西省褒城）出發，向東北由子午谷抵達長安，然後諸葛亮率領主力軍出斜谷，在長安會師。這項提案如同《三國演義》所說，被諸葛亮以太過冒險爲由拒絕了。歷來史學家對魏延提出的這項大膽計畫，曾有很多爭論。有的人覺得魏延這項計畫太過冒險，也低估了敵方的戰鬥意志，所以諸葛亮不採行是對的，以免喪失辛苦練成的精兵；有的人則認爲，正因爲蜀漢國小兵少，才應該在有勝利把握的時候（哪怕只有百分之

五十的可能），來個「梭哈」，一次押下去，避免日後曠日廢時、勞而無功的局面。

後面那種說法，其實呼應了陳壽在《三國志·諸葛亮傳》的評論：諸葛亮治國練兵很行，但帶領軍隊打仗、隨機應變，卻不擅長。這項「子午谷奇謀」沒有付諸實現，所以也無從驗證究竟是魏延大膽心細，還是諸葛亮謹慎保險。

不過，要是站在諸葛亮的角度，我們還是傾向同意他的決定，拒絕魏延。畢竟，魏延的計畫有太多未知因素、建立在太多假設上了：假如夏侯楙決定死守，並不逃走，魏延孤軍深入，糧食吃完，如何是好？就算夏侯楙棄城，但是長安城中有文武官員起來組織抵抗，魏延有把握能夠拿下長安嗎？又如果，諸葛亮主力部隊不能如期趕到長安會師，魏延的五千兵力能夠守長安多久？甚至，在攀山越嶺的路程上，要是因為天氣而耽擱怎麼辦？總之，蜀漢已經在劉備東征時喪失了大部分的精銳，實在經不起再次的打擊了！

孔明與魏延的關係一直為後人所猜測，圖為描繪《三國志通俗演義》中所描述，孔明火燒司馬懿於上方谷，也一併想將魏延燒死。

姜維的來歷爲何，
其實他是個「反魏義士」？

（姜）維人困馬乏，不能抵擋，勒回馬便走。忽然一輛小車從山坡中轉出。其人頭戴綸巾，身披鶴氅，手搖羽扇：乃孔明也。孔明喚姜維曰：「伯約此時何尚不降？」維尋思良久，前有孔明，後有關興，又無去路，只得下馬投降。孔明慌忙下車而迎，執維手曰：「吾自出茅廬以來，遍求賢者，欲傳授平生之學，恨未得其人。今遇伯約，吾願足矣。」維大喜拜謝。

《三國演義》第九十三回

姜維是諸葛亮死後，支撐蜀漢軍事的重要人物，也是小說中孔明死後，讀者的感情寄託，算是半個男主角。他的初登場是在《三國演義》第九十二回末，當時諸葛孔明率軍北出祁山，南安、安定都被孔明用計拿下，只有天水郡的小軍官姜維，識破孔明計策，保住城池，並且和來取城的趙雲戰得平分秋色。孔明驚訝魏軍中竟然有這種文武雙全的高手，於是設計要收降他：先派魏延佯攻姜維母親住的冀城（今甘肅省甘谷東南），孝順的姜維，果然哀求天水太守讓他分兵去救冀城，孔明派人製造謠言，說姜維已經降了蜀，所以各城都不放姜維入關，姜維走投無路，於是便只好投降了。

正史裡關於姜維降蜀的記載，比較無聊。《三國志・姜維傳》說：姜維是天水冀縣人，父親姜冏隨都尉平定西羌亂事，不幸殉職，所以姜維以「烈士家屬」身分，在天水郡城擔任從事，又賜官中郎。諸葛亮兵出祁山時，姜維和同事梁虔、尹賞等人跟隨天水太守馬遵巡視防務，但是當時諸葛亮「聲威響震」，很多人暗中聯絡蜀軍投降，馬遵懷疑姜維等人也是其中之一，所以自己棄城逃走。姜維等人發現太守落跑，就到上邽（今甘肅省天水市）投奔馬遵，但馬遵卻拒絕放姜維入城，他們無處可去，於是只好到諸葛亮營中投降（維等乃俱詣諸葛亮）。等到馬謖在街亭兵敗，諸葛亮就把姜維等人，連同西縣百姓一千

不甘情不願，但是受到重用以後，倒是真的「心存漢室」，而成為「反魏義士」了！

餘戶都帶回蜀漢，姜維也因此和母親隔絕（故維遂與母相失）。

看來，姜維之所以投奔蜀漢，並不是諸葛亮有意收降，以老母作為感召，而是被長官懷疑要投降，無路可去之下，只好真的投降蜀漢。姜維在蜀，很受到諸葛亮的賞識和重用，先是讓他擔任倉曹掾（主管軍糧的處長），加奉義將軍，封當陽亭侯，這時候他才只有二十七歲。諸葛亮在給丞相府的留守官員張裔、蔣琬信中稱讚姜維：「姜伯約甚敏於軍事，既有膽義，深解兵意。此人心存漢室而才兼於人。」後來又升任中監軍（大約等同今日的政治作戰部主任）、征西將軍。

據說姜維在蜀漢為官後，和母親分隔兩國，魏國就發動親情攻勢，以姜母名義寫信給他，看能不能打動姜維回國。姜母信裡向姜維要一味藥材「當歸」，這是一語雙關，意思是：兒啊，在四川玩夠了，該回家啦。姜維的回信也用一種叫作「遠志」的藥材來比喻：「但有遠志，不在當歸。」我有遠大的志向，現在還不是回家的時候。看來姜維本來歸降是心

天水誇英俊，涼州有異才，系從尚父出，術奉武侯來。大膽應無懼，雄心誓不回。成都身死日，漢將有餘哀。 毅善

姜維是諸葛亮死後，承擔起蜀漢軍事統帥的重要人物。

諸葛亮錯信馬謖？
街亭失守的眞正原因

> 卻說孔明自令馬謖等守街亭去後，猶豫不定。忽報王平使人送圖本至。孔明喚入，左右呈上圖本。孔明就文几上拆開視之，拍案大驚曰：「馬謖無知，坑陷吾軍矣！」左右問曰：「丞相何故失驚？」孔明曰：「吾觀此圖本，失卻要路，占山爲寨。倘魏兵大至，四面圍合，斷汲水道路，不須二日，軍自亂矣。若街亭有失，吾等安歸？」
>
> 《三國演義》第九十五回

諸葛亮第一次北伐，具體進兵部署是這樣的：首先，以碩果僅存的老將趙雲領兵一萬人，揚言要從斜谷道取郿縣（今陝西省郿縣北），進占箕谷（今陝西省襃城縣北），作出佯攻長安的姿態，吸引魏軍主力；而眞正的蜀漢軍主力部隊，則由諸葛亮親自率領，由祁山出，先取得隴右（隴山以東的地區）後，才進取長安。這是一個不求「全壘打」立刻得分，而用「安打」愼重推進的戰略。初期執行，可以說是非常成功。

然而前期的勝利，幾乎完全斷送在街亭戰役失敗上。《三國志》裡各傳對這場戰役的描述，和《三國演義》所描寫的大致相同。在聽到諸葛亮大舉進攻的消息後，魏明帝曹叡並沒有慌亂，反而親自前往長安坐鎮，指揮大將軍曹眞部署防禦作戰，並且派智勇兼備、經驗老到的右將軍張郃，率領五萬精兵支援雍州前線。在接獲報告後，諸葛亮召開軍事會議，出乎眾人意料的，他不派老將魏延或是吳壹，而選擇了參軍馬謖，去街亭抵擋張郃的援軍。但是馬謖違背諸葛亮的指令，捨水上山，不據守要道上的既有工事，又想出一堆無效的花招，自以爲可以居高臨下而取勝。張郃兵到，首先截斷馬謖軍取水的路線，等山上漢軍缺水，自相混亂，張郃再全線攻擊，「大破之」。馬謖棄軍逃亡，只有副將王平，帶領一千多人，列隊打行進鼓，緩緩撤退，張郃懷疑有伏兵，不敢追擊。

街亭戰役的整個經過，大致就是這樣，小說裡和正史唯一的不同，是把還沒參加抵禦諸葛亮的司馬懿，說成是魏軍主帥，而把史實上真正的主帥張郃降為先鋒。這場戰役後，原先蜀漢取得的三郡，又被張郃奪回；諸葛亮退回漢中後，追究責任，殺了馬謖、將軍張休、李盛等人，並且上表後主，引咎自責，降職三等，「以右將軍行丞相事」。

不過問題來了：既然街亭關係全局，是這樣重要，那為什麼諸葛亮不親自率主力迎戰，而只是派馬謖率軍把守？很可能的理由是：諸葛亮對整個戰場情勢變化的因應，有極嚴重的誤判或是失準。首先，我們推測：魏軍曹真等人識破了趙雲的箕谷攻勢，實際上只是佯攻，因此把主力部隊全部集中去爭奪戰略要地街亭。這樣，張郃的五萬精兵和馬謖的兩萬多人爭奪街亭，兵力上就形成優勢。諸葛亮方面可能對「張郃全軍而來」這一重要情報，過於大意，以為只是敵軍的分遣隊，而繼續把指揮重心放在攻擊隴右諸郡上了。

除了誤用「言過其實」的馬謖，導致戰場統御失當以外，諸葛亮還誤判了敵軍動向，沒有集結兵力，輸掉一場本該是主力決戰的戰役，以致全局逆轉。這可能就是為什麼諸葛亮在戰後所上的《街亭自貶疏》裡，說自己沒有知人之明（明不知人）、核判情報失準（恤事多暗），幾乎一肩攬起全部失敗責任的原因。

馬謖像，諸葛亮獨排眾議不用宿將魏延、吳壹，反而提拔參軍馬謖為主帥。導致了街亭失守的後果。

空城計其實很瞎，
但三國眞有人用過？

> 孔明分撥已定，先引五千兵退去西城縣搬運糧草。忽然十餘次飛馬報到，説：「司馬懿引大軍十五萬，望西城蜂擁而來！」時孔明身邊別無大將，只有一班文官，所引五千軍，已分一半先運糧草去了，只剩二千五百軍在城中。眾官聽得這個消息，盡皆失色。孔明登樓望之，果然塵土沖天，魏兵分兩路望西城縣殺來。孔明傳令，教「將旌旗盡皆隱匿；諸軍各守城舖，如有妄行出入，及高言大語者，斬之！大開四門，每一門用二十軍士，扮作百姓，灑掃街道。如魏兵到時，不可擅動，吾自有計。」孔明乃披鶴氅，戴綸巾，引二小童攜琴一張，於城上敵樓前，憑欄而坐，焚香操琴。
>
> 《三國演義》第九十五回

話說街亭兵敗，孔明急忙安排諸軍撤退，正在分撥糧草、人馬的當下，探馬急報：司馬懿十五萬大軍殺到！孔明身邊全無大將，只有兩千五百軍士，無奈之餘，只好大開城門，自己親自在城樓上彈琴……。《三國演義》第九十五回中的「空城計」橋段，把「一生唯謹慎」的諸葛孔明，在危急關頭不得已而用險、司馬懿小心翼翼，唯恐上當吃虧的反應，都描寫得活靈活現。在傳統戲劇裡，《失街亭》和《空城計》以及《揮淚斬馬謖》經常一起演出，合稱爲「失空斬」。

不用說，這段「空城計」，史無其事，是小說家的虛構。裴松之在注《三國志・諸葛亮傳》時，引用東晉人王隱寫的《蜀記》，裡面說西晉初年，有個叫郭沖的人，曾經說過五件諸葛亮沒有被記載在史冊上的事蹟，稱爲「郭沖五事」，其中之一，提到諸葛亮駐兵漢中陽平時，派魏延帶主力部隊東下，自己則只以一萬兵馬守城，司馬懿知道消息，引兵追來，諸葛亮「敕軍中皆臥旗息鼓，不得妄出菴幔，又令大開四城門，掃地卻灑」，司馬懿懷疑有詐，於是退兵。羅貫中很可能就是以這個故事爲藍

本，創作出小說中精采的空城計。

但郭冲版的「空城計」，有很多破綻，裴松之已經替我們一一駁斥了。首先：諸葛亮從來沒有在漢中和魏軍作戰的記錄，怎麼可能有機會使出空城計？其次，

空城計一直是傳統戲劇中相當受歡迎的劇目。

魏延怎麼可能帶領主力部隊？照《三國志·魏延傳》的說法，每次魏延隨諸葛亮北伐，都請求帶領萬人執行他的「子午谷奇謀」，每次諸葛亮也都「制而不許」。申請一萬人的部隊也不同意，諸葛亮可能讓魏延率領主力部隊，自己只留一萬兵馬嗎？最後，裴松之質疑說，就算事情都如郭冲所說，那麼司馬懿率二十萬大軍，既然已經知道諸葛亮兵少力弱，如果懷疑附近有伏兵，那正好應該把城池圍個水洩不通，怎麼就撤兵走了呢？（若疑其有伏兵，正可設防持重，何至便走乎？）看來「空城計」只能存在於小說家的想像裡，因為真實戰場上，這實在是一個很「瞎」的計謀！因為就算司馬懿懷疑附近有埋伏，只要派小規模搜索隊去查探一下，就知道真

相，那在城樓上彈琴的諸葛亮，豈不就成了甕中之鱉？

不過，三國戰爭史上倒確實是有一次類似「空城計」的演出，主角是趙雲，時間是建安二十四年（西元二一九年）。根據《趙雲別傳》記載：當時劉備正和曹操爭奪漢中，某次大將黃忠遇見曹軍運糧部隊經過定軍山北麓，便下去搶糧。趙雲見黃忠遲遲未返，帶數十名騎兵去尋找，恰好遇上曹軍大部隊，趙雲且戰且退，回到營區時，副將張翼想把營門關上，趙雲反而下令大開營門，偃旗息鼓，曹軍這下反而不敢輕入，趙雲這時下令反擊，用強弓射後撤的曹軍，曹軍驚慌逃竄，自相踐踏，掉入漢水裡淹死的也不少。是不是這個故事給了羅貫中創作時的靈感？就不得而知了。

揮淚斬馬謖之謎

> （馬）謖自縛跪於帳前。孔明變色曰：「汝自幼飽讀兵書，熟諳戰法。吾累次丁寧告戒：街亭是吾根本。汝以全家之命，領此重任。汝若早聽王平之言，豈有此禍？今敗軍折將，失地陷城，皆汝之過也！若不明正軍律，何以服眾？汝今犯法，休得怨吾。汝死之後，汝之家小，吾按月給與祿糧，汝不必掛心。」叱左右推出斬之。
>
> 《三國演義》第九十六回

街亭之役，漢軍潰敗，導致諸葛亮第一次北伐以失敗收場。在《三國演義》裡，孔明退回漢中後，上演的就是一齣「揮淚斬馬謖」。當然，在正史之中，對於街亭潰敗責任的追究，還要經過一番調查、審訊的程序，並不像小說裡那樣戲劇化，直接就把馬謖推出去斬了。《三國志》裡馬謖無傳，但是馬謖的死卻有很多種說法，比如下獄後死在監獄中，或者兵敗逃亡等等，不過倒是可以確定的是，諸葛亮對於處死馬謖，感到非常傷心，卻又不得不執行。

諸葛亮想殺馬謖嗎？從個人情感上來說，當然不想。但為什麼諸葛亮終究仍是「揮淚斬馬謖」呢？根據易中天先生的推測，原因可能和當時蜀漢的「族群政治」有關。

我們在前面講過，蜀漢是一個「外來政權」。在政府高層裡面，從皇帝到承相、前線統兵的將軍，「外省人」的比例極高。而「外省人」裡面還分有先來後到的派系集團：隨著劉焉、劉璋父子入蜀的「東州集團」與隨劉備的「荊州集團」，入蜀的荊州人和統治階層關係比較密切；而在四川土生土長的「本省人」，既受到外來政權統治，又沒有什麼檯面人物能夠與上面這兩大外省人集團分享政權，其「不爽」是可想而知的。

這種怨憤情緒，平日還能妥善應付，但是現在馬謖兵敗，倘若處置不公，很容易成為引爆點，使諸葛亮在各族群之間小心維持的微妙平衡就此瓦解。尤其諸葛亮「違眾」選拔馬謖擔當重任在前，而馬謖兵潰；丞相府

長史向朗知道馬謖兵敗逃亡，又隱匿不報於後，這兩個惹禍的人，一文一武，都出身於荊州集團，而且還是諸葛亮平日親近的友人、同事，假使同樣出身於荊州集團的諸葛亮，對馬謖和向朗等人的處置，稍有含糊不公之處，很快就會使另兩個集團失去對諸葛亮以及蜀漢政權的信任，諸葛亮一心想建立的法治理想，就無法達成。

這就是為什麼馬謖非死不可的原因了！

馬謖死後，諸葛亮主動承擔起北伐失敗的主要責任，不但自請貶職三級，並且坦白檢討自己的過失。千百年以後，我們仍然可以從這些舉措裡，看到諸葛亮大公無私的胸襟，與真誠勇敢的決心。

孔明揮淚斬馬謖。

後出師表真偽之謎

夫難平者，事也。昔先帝敗軍於楚，當此時，曹操拊手，謂天下已定。然後先帝東連吳、越，西取巴、蜀，舉兵北征，夏侯授首：此操之失計，而漢事將成也。然後吳更違盟，關羽毀敗，秭歸蹉跌，曹丕稱帝：凡事如是，難可逆見。臣鞠躬盡瘁，死而後已；至於成敗利鈍，非臣之明所能逆睹也。

《三國演義》第九十七回

《三國演義》第九十七回，說道蜀漢建興六年，孔明見東吳陸遜大破魏將曹休於石亭，於是上表後主，請求再次出征討伐曹魏。這篇表就是繼首次出祁山所上《出師表》後，再一篇宣示決心的大作。裡面有許多文字，比如「漢賊不兩立」、「鞠躬盡瘁，死而後已」等，至今仍然被人們所引用、傳誦。

可是，這樣一篇鏗鏘有力、名句處處的文章，從古到今，卻有許多學者懷疑它的真實性，認為這是一篇「偽作」（由後人撰寫，託名諸葛亮的文章），這是為什麼呢？

相對於諸葛亮在蜀漢建興五年（西元二二七年）所上的《出師表》（又稱「前出師表」）真實性沒有人懷疑，建興六年所上的這一篇出師表（稱「後出師表」）的真偽可就是個謎了。首先，前出師表見於《三國志‧諸葛亮傳》以及陳壽編的《諸葛亮集》裡，而後出師表只在東吳人張儼所寫的《默記》當中出現，所以，會不會連陳壽也沒見過後出師表，所以才沒有收錄呢？

再說，後出師表有個嚴重的紕漏。表中講「自臣到漢中，中間期年耳，然喪趙雲、陽群、馬玉、閻芝、丁立、白壽、劉郃、鄧銅等」。陽群、馬玉等人是誰暫且不說，諸葛亮竟然弄錯趙雲的生死！照《三國志‧趙雲傳》中，趙雲死於隔年，也就是蜀漢建興七年，而後出師表上於建興六年十一月。趙雲是蜀漢當時碩果僅存的老將，他是生是死，諸葛亮總不可能疏忽到不查證清楚！

況且，前後出師表的語氣有很大的差異。前出師表用詞簡潔，主旨壯

烈，殷殷叮嚀後主要「親賢臣，遠小人」；後出師表則讀來沮喪悲觀，而且語氣重複、斧鑿明顯，比如「然不伐賊，王業亦亡；唯坐待亡，孰與伐之？（不討伐曹魏僞政權，我們還是會滅亡，與其坐著等滅亡那天，乾脆還是打個仗好了。）」出兵前反覆地講喪氣話，這不是很奇怪嗎？

　　但是，無論學者怎樣質疑後出師表的真假，後出師表裡的「鞠躬盡瘁，死而後已」八字，確實被大家公認是最能代表諸葛亮奉獻奮鬥精神的語句。寫《諸葛亮評傳》的大陸學者余明俠，雖然也認爲《後出師表》真偽難以斷定，但還是傾向本表有諸葛亮一貫的精神與思想在其中。所以，後出師表究竟是不是諸葛亮所作？到現在還是一個待解的謎團。

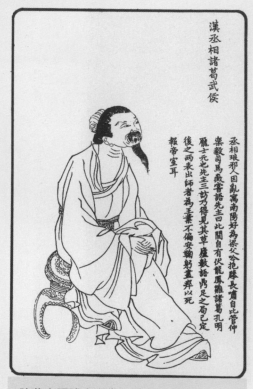

諸葛亮題跋坐姿像，清上官周繪。

172

孔明到底幾出祁山？

眾將曰：「取長安之地，別有路途：丞相只取祁山，何也？」孔明曰：「祁山乃長安之首也：隴西諸郡，倘有兵來，必經由此地；更兼前臨渭濱，後靠斜谷，左出右入，可以伏兵，乃用武之地。吾故欲先取此，得地利也。」眾將皆拜服。

《三國演義》第一○○回

說到孔明北伐中原，讀者都會聯想起「六出祁山」這個句子。為什麼孔明每次都從祁山出兵攻擊魏國？小說中的解釋是：祁山位置險要，容易埋下伏兵；那麼在正史中，諸葛亮到底幾出祁山呢？

蜀漢建興六年（西元二二八年）春，諸葛亮第一次出師北伐，很快就拿下天水、南安、安定等三座大城。據裴注引《魏略》說：起初，曹魏認為蜀漢只有劉備算得上一號人物（始，國家以蜀中唯有劉備），後來劉備死了，蜀中好幾年都沒有動靜，所以對於蜀漢的進攻，事前一點準備也沒有（備既死，數歲寂然無聲，是以略無備預）。現在居然聽見諸葛亮兵出祁山，真是嚇倒朝野！（而卒聞亮出，朝野恐懼。）可見，蜀漢這次北伐，有奇襲效果，事前又作足準

備，勝算最大。但是街亭戰役失敗後，情勢全盤逆轉，只能退回漢中。

同年冬天，諸葛亮再次出兵，這就是小說中所稱的第二次出祁山。但史實記載，諸葛亮直撲陳倉，但是因為魏將郝昭堅守，蜀軍糧盡，只好退兵，陳倉也沒有攻下。

隔年（西元二二九年）春天，諸葛亮第三次出兵，派陳式為先鋒，攻打雍州的武都、陰平兩郡。魏國雍州刺史郭淮正準備迎戰陳式時，諸葛亮的主力部隊突然在後方的建威（今甘肅省西和縣北）出現，郭淮怕後路被截斷，於是撤退。蜀漢攻下武都、陰平兩郡，這是諸葛亮北伐最大的勝利。這次戰役，諸葛亮並沒有取道祁山，也沒有如小說中所說，攻下陳倉和散關。

建興八年（西元二三○年），司

馬懿和曹真領兵來攻打蜀漢。但是不幸在山區遇上連日大雨，只好退兵。小說裡講：孔明趁這機會，直接攻打祁山，是爲第四次北伐，史上並無其事。

建興九年（西元二三一年）春天，諸葛亮率軍出祁山，和魏軍司馬懿對峙。這是歷史上諸葛亮第二次、也是最後一次出祁山，同時是第一次和司馬懿對陣。雙方在鹵城（今甘肅省甘谷縣東）僵持了好幾個月，五月時司馬懿發動攻擊，被諸葛亮殺得大敗，陣亡三千餘人（獲甲首三千級）。從此司馬懿就採取穩紮穩打戰略，不再主動出擊，專門等諸葛亮糧盡退兵。

建興十二年（西元二三四年），

諸葛亮最後一次出兵，取道斜谷，和司馬懿隔著渭水對峙。司馬懿仍舊是持重不戰，於是諸葛亮就命令軍隊在前線開始屯田，試圖解決糧運不繼的老問題。這樣過了一百多天，諸葛亮積勞成疾，病逝在武功五丈原。他死後蜀軍撤回，北伐也就結束了。

由上述來看，諸葛亮北伐，其實只有五次，當中也只有兩次取道祁山。看來祁山在歷史上對蜀漢進兵的戰略價值，並不像小說裡描寫的那樣獨一無二。事實上，假使諸葛亮每次都以祁山當作出擊路線，魏國還樂得輕鬆，不必防禦其他邊防要塞呢！

諸葛亮六出祁山繪圖。

李嚴被廢有內幕？

孔明大怒，令人訪察：乃是李嚴因軍糧不濟，怕丞相見罪，故發書取回，卻又妄奏天子，遮飾己過。孔明大怒曰：「匹夫為一己之故，廢國家大事！」令人召至，欲斬之。費禕勸曰：「丞相念先帝托孤之意，姑且寬恕。」孔明從之。費禕即具表啓奏後主。後主覽表，勃然大怒，叱武士推李嚴出斬之。參軍蔣琬出班奏曰：「李嚴乃先帝托孤之臣，乞望恩寬恕。」後主從之，即謫為庶人，徙於梓潼郡閒住。

《三國演義》第一〇一回

孔明第五次出祁山伐魏，在鹵城裝神弄鬼，嚇退司馬懿，正待乘勝追擊，突然收到永安都護李嚴來信，說是東吳勾結曹魏來犯，孔明只好退兵。回到漢中，李嚴卻妄奏後主，說他已準備好軍糧，要啓運前線，孔明卻無故退兵。孔明查明眞相：原來是李嚴因軍糧不繼，怕被究責，所以謊報東吳入侵。孔明大怒，於是廢黜李嚴為庶人。這就是《三國演義》第一〇一回當中所描述的「李嚴被廢」情節。

李嚴被廢一案，是當時蜀漢的驚天巨案。我們查考正史，案發過程和小說敘述的稍有出入。建興八年（西元二三一年），諸葛亮第四次北伐，在鹵城與司馬懿對峙，突然收到留守漢中的驃騎將軍李嚴來信，說因為連日下雨，糧食接運前線發生困難，請求諸葛亮撤兵。諸葛亮同意退兵，但是李嚴在軍隊撤退後，卻很驚訝的表示：「軍糧很充裕呀！爲什麼要退兵呢？（軍糧饒足，何以便歸？）」然後又上奏後主，說諸葛亮的退兵，大概是丞相的誘敵之計吧（軍僞退，欲以誘賊與戰）。逼得諸葛亮公開出示李嚴寫給他的所有書信與公文。李嚴這時沒辦法狡辯，只好認罪。《三國志》作者陳壽分析李嚴睜眼說瞎話的原因，是想解除自己督辦糧運不力的罪過，然後彰顯諸葛亮軍事上沒有進展的責任（欲以解己不辦之責，顯亮不進之愆也）。於是李嚴被廢黜爲平民，發配梓潼郡（今四川省綿陽市）

限制住居。

從表面上看，李嚴兩邊說謊，罪證確鑿，應該不難處理；但是如果更深一層思考，李嚴爲什麼會扯這麼笨的謊？這件案子爲什麼讓蜀漢政局暗潮洶湧？是不是有什麼弦外之音？

諸葛亮上奏劉禪彈劾李嚴的奏章裡透露了線索。諸葛亮指出，李嚴這個人，心中沒有復興漢室的理想，只想要當大官而已。所以他在諸葛亮北伐前夕，請求把益州分出五個郡爲巴州，讓他出任這個新的巴州刺史（求以五郡爲巴州刺史），又要求有獨立的辦事單位。諸葛亮都沒有答應，不過爲了安撫他，升他的兒子李豐爲江州（今重慶市）督軍。看來是諸葛亮一再安撫忍讓，但李嚴依然故我，所以才不得不將他廢黜。

爲什麼諸葛亮必須一再容忍李嚴？我們要知道，李嚴其實是和諸葛亮一同受劉備託孤的重臣。李嚴是什麼身分？他本是劉璋手下，投降劉備而獲得重用。也就是說，他是「東州集團」在「荊州集團」政府裡的看板人物。我們前面說過，蜀漢政治建立在一個脆弱的平衡上，愈晚入蜀的外省人，分享愈多權力，如果過分嚴辦李嚴，很可能造成「東州集團」的人有所不平；但辦得太輕，又難以

交代。因此這也是諸葛亮處理李嚴一案，如同他「揮淚斬馬謖」一樣，必須慎之又慎的原因。

而族群問題始終是蜀漢難解的結，即使是諸葛亮這樣的大政治家，也沒辦法徹底擺平。建興十二年（西元二三四年），諸葛亮死，聽到這消息的李嚴，竟然也跟著發病而亡。或許，李嚴是知道諸葛亮一死，後繼者再也沒辦法彌補族群之間的裂痕，才這麼絕望吧！

諸葛亮到底能不能打仗？

> 司馬懿知孔明死信已確，乃復引兵追趕。行到赤岸坡，見蜀兵已去遠，乃引還，顧謂眾將曰：「孔明已死，我等皆高枕無憂矣！」遂班師回。一路上見孔明安營下寨之處，前後左右，整整有法，懿歎曰：「此天下奇才也！」於是引兵回長安，分調眾將，各守隘口。
>
> 《三國演義》第一○四回

　　在這裡，我們討論的是一場已經爭論超過千年的辯論：到底諸葛亮懂不懂用兵？會不會打仗？

　　主張諸葛亮善於用兵、很會打仗的，也就是這場辯論的正方，最有名的當然就是《三國演義》。小說裡的諸葛孔明用兵之奇妙，簡直就被捧成「神」的等級！不但有「奪天地造化之術」，可以借東風、未卜先知，料敵機先；還能施法術，借來六甲神兵，使用遁地之法，變幻莫測。要不是上方谷突然下起大雨，也許司馬懿父子都要被孔明消滅了！因此連他的對手司馬懿都承認他是「天下奇才也！」

　　相信小說孔明形象的讀者，如果看到《三國志》作者陳壽對諸葛亮的評斷，恐怕會覺得不可思議！陳壽說，諸葛亮連續幾年動員軍隊作戰，都沒有獲得成功（連年動眾，未能成功），這是因為諸葛亮雖然很會治國，但是臨機應變、率兵作戰，不是他擅長的領域（應變將略，非其所長）。甚至，連在《三國志・諸葛亮傳》裡稱讚孔明「天下奇才」的司馬懿，在《晉書・宣帝紀》評論諸葛亮，說他「志向很大而缺乏判斷力（志大而不見機），計畫很多而不能決斷（多謀而少決），喜歡打仗卻不懂臨機應變（好兵而無權），就算他帶十萬兵馬來犯，也難逃我的掌握，必定能打敗他（雖提卒十萬，已墮吾畫中，破之必矣）。」綜合司馬懿的意思，他認為諸葛亮很懂得練兵、後勤，所以稱讚他是天下奇才，但是他在戰場上的表現，卻是不及格的。

　　上面這兩種說法，各有支持者，各自引用史料，吵了一千多年，也

177

還沒有定論。當然，也有人另闢蹊徑，從「目的論」來看諸葛亮的軍事表現，比如祝秀俠先生。祝先生認為要說諸葛亮不會用兵，是「過低評價武侯的軍事才能」。司馬懿是敵國將領，他貶低諸葛亮，可以理解；至於陳壽應該是了解諸葛亮的，之所以會做出諸葛亮「理民之幹，優於將略」這種論斷，因為他必須要「應付當時的晉帝」。至於有人說，陳壽是因為父親被諸葛亮懲罰，就在史書裡說他的壞話，這種說法並沒有根據。

諸葛亮不只是領兵打仗的將領，還是身繫蜀漢安危長達十二年的政治家，戰爭對他來說，是達成政治目標的手段。那麼如果要問諸葛亮會不會用兵，就要看他是不是達成目標。很多研究都指出，諸葛亮執政後的中長程軍事目標，固然是「興復漢室，還於舊都」，而維護蜀漢國防線的安全，才是他念茲在茲的近程目標。從這個角度來看，諸葛亮北伐，憑蜀漢有限的人力、物力，幾次主動進攻，打得曹魏只能招架，沒有還手之力不說，北邊國防線也獲得保障。所以，諸葛亮應該是「懂得」用兵的！

諸葛亮清代彩繪圖。

魏延與楊儀的恩怨情仇，想謀反的到底是誰？

（魏）延大笑曰：「楊儀匹夫聽著！若孔明在日，吾尚懼他三分；他今已亡，天下誰敢敵我？休道連叫三聲，便叫三萬聲，亦有何難？」遂提刀按轡，於馬上大叫曰：「誰敢殺我？」一聲未畢，腦後一人厲聲而應曰：「吾敢殺汝！」手起刀落，斬魏延於馬下。眾皆駭然。斬魏延者，乃馬岱也。原來孔明臨終之時，授馬岱以密計，只待魏延喊叫時，便出其不意斬之。

《三國演義》第一○五回

楊儀自以為年宦先於蔣琬，而位出琬下；且自恃功高，未有重賞，口出怨言，謂費禕曰：「昔日丞相初亡，吾若將全師投魏，寧當寂寞如此耶！」費禕乃將此言具表密奏後主。後主大怒，命將楊儀下獄勘問，欲斬之。蔣琬奏曰：「儀雖有罪，但日前隨丞相多立功勞，未可斬也。當廢為庶人。」後上從之，遂貶楊儀赴漢中嘉郡為民。儀羞慚自刎而死。

《三國演義》第一○五回

現在我們來談「魏延三部曲」的最後一部：「謀反冤案」。話說在《三國演義》第一○五回諸葛丞相歸天之後，魏延就不服號令，準備投魏；還好孔明死前留下錦囊妙計，交待馬岱扮演無間道，假意參加魏延軍，在後冷不防斬殺魏延。魏延的結局，也呼應了前面孔明說他「腦有反骨」的預言。但是，歷史上的魏延，真是因為謀反而被殺的嗎？

史書記載，諸葛亮在蜀漢建興十二年（西元二三四年），病逝於北伐軍中。臨終前，他交待長史楊儀、護軍姜維、司馬費禕等人關於撤退的部署，要首席大將魏延斷後，如果魏延不奉令，那不必管他，姜維可逕行指揮部隊後撤（若延或不從命，軍便自發）。諸葛亮死後，楊儀等人密不發喪，讓費禕先去打探魏延的口風。果然，魏延拒絕接受楊儀的指揮，也不想替楊儀斷後。（且魏延何人，當為楊儀所部勒，作斷後將乎？）楊儀

等人就遵照諸葛亮生前指示，不甩魏延，開始撤退。魏延得到消息，簡直氣壞了！於是搶在楊儀之前撤退（率所領徑先南歸），不但如此，還把途經的棧道都燒毀（所過燒絕閣道）。

成都方面，後主劉禪同時接到兩份完全相反的奏章，互指對方造反，於是就詢問留守的蔣琬、董允等人，他們都懷疑造反的是魏延，而選擇相信楊儀（咸保儀疑延），並且派出軍隊阻截魏延。這下魏延麻煩可大了！楊儀派王平到魏延軍陣前喊話：丞相屍骨未寒（公亡，身尚未寒），你們怎麼就敢造反（汝輩何敢乃爾）？於是魏延軍隊潰散，魏延帶著兩個兒子逃往漢中，在途中被馬岱截殺。這下子平常就和魏延形同水火的楊儀可高興了。史載，當馬岱帶魏延的首級回報時，楊儀用腳踏著其首級罵：「笨奴才！你再壞啊！你再兇啊！（庸奴，復能作惡不？）」

魏延兵變，兵敗身亡，這件事情看起來好像是平息了，但卻留下不少疑點：第一，魏延有沒有要造反？身為統兵大將，魏延要造反，有兩個選擇：一個是自己當皇帝，另一個是「陣前起義」，投靠曹魏，反過來攻擊楊儀。魏延應該了解自己沒有什麼政治號召力，不至於笨到想要殺回成

都，取代阿斗；而從魏延是率軍往漢中撤退，而不是向北投奔曹魏的舉動來看，魏延並不想謀反（本指如此，不便背叛）。但是，問題又來了：如果魏延不是要造反，那他為什麼要帶兵南下？根據陳壽的推測，魏延不北上投靠曹魏，反而南下的原因（原延意不北降魏而南還者），是想要殺掉楊儀等人（但欲殺楊儀等）。

魏延為什麼想要殺楊儀？這中間牽扯到蜀漢內部的一場政治鬥爭。

我們前面說到魏延的謀反疑案，其實魏延有沒有謀反，還有一個很重要的證據：那就是蜀漢朝廷對楊儀的處置。諸葛丞相軍前病死，大將魏延兵變被殺，楊儀把軍隊平安撤回、又平定魏延造反，應該是有功無過的，為什麼在僅僅一年後，就被投入監獄，落了個自殺身亡的下場？

楊儀的下場，和蜀漢內部的政爭和族群兩大問題大有關係。根據《三國志・楊儀傳》，楊儀是荊州襄陽人，本來在曹魏的荊州刺史傅群手下做事，卻投奔關羽，又到益州見劉備。楊儀對事情很有見解，劉備升他擔任左將軍兵曹掾（軍事參謀處長），劉備稱王以後，又拔擢他為尚書。諸葛亮北伐時，楊儀隨行，負責糧食事務，所有糧食分配調運，他不

需思考，馬上都能辦好，所以所有後勤事務，都由他負責（軍戎節度，取辦於儀），很得諸葛亮倚重。

問題是，楊儀和首席猛將魏延處得很不好，這兩人不合在當時是一個公開的祕密。為什麼不合，說來原因很可笑。魏延個性高傲，沒什麼人敢招惹，偏偏我們這位楊先生，絕不賣魏延面子（唯楊儀不假借延），因此魏延把楊儀當成頭號仇人，兩人水火不容。常見的場景是：兩個人在會議裡槓上，魏延拔刀嚷著要殺楊儀（延或舉刃擬儀），楊儀則哭得眼淚鼻涕滿臉都是（儀涕淚橫集）。兩個人各有所長，卻如此不合，丞相諸葛亮真是頭痛得不得了！幸虧有費禕努力在中間協調，才沒有讓衝突擴大。

現在最大的政敵魏延死了，楊儀自認功勞很高，應該接替諸葛亮來輔政，結果後主卻挑中了蔣琬掌政，楊儀呢？只擔任一個沒有實權的中軍師虛職，更氣的是，蔣琬以前還是他的部下，現在卻爬到他的頭上！所以楊儀每天都臭臉大呼小叫（怨憤形於聲色），尖酸刻薄的話從沒停過。同事們生怕被颱風尾巴掃到，沒人敢跟他搭話（時人畏其言語不節，莫敢從也）。費禕去看他，楊儀竟然對費禕說：昔日丞相過世的時候，我要是

帶著軍隊和魏延合作（吾若舉軍以就魏氏），會像今天這樣落魄失意嗎？（關於「舉軍就魏氏」，學者解釋不一，我們這裡採取易中天先生的說法，「魏氏」指的不是曹魏，而是魏延。）費禕聽到這種大逆不道的話，不敢隱瞞，立即向朝廷舉報，於是楊儀被廢為庶人，遷到漢嘉郡。但楊儀還繼續上書「誹謗」，愈罵愈兇，於是被捕下獄，後在獄中自殺。

雖然說魏延意氣用事、舉動可疑，兵敗身死是自取其咎，但楊儀不顧大局、因為個人恩怨而殺害國家將領，還在魏延死後羞辱他的首級，也是十足的小人面目！楊儀和魏延都同屬「外省人」裡的荊州集團，他遭到廢黜、下獄的處置，和先前馬謖被殺、李嚴被廢一樣，都是涉及蜀漢最敏感的問題「族群政治」。楊儀既然曾經是政府高層，卻在「動員戡亂時期」，口出「叛亂」言論，不管他是不是真要造反，都無可饒恕了！

孫權的遼東大冒險！

太和二年，（公孫）淵長大，文武兼備，性剛好鬥，奪其叔公孫恭之位，曹叡封淵為揚烈將軍遼東太守。後孫權遣張彌、許宴齎金寶珍玉赴遼東，封淵為燕王。淵懼中原，乃斬張、許二人，送首與曹叡。叡封淵為大司馬樂浪公。淵心不足，與眾商議，自號為燕王，改元紹漢元年。

《三國演義》第一〇六回

　　因為不是男主角的關係，孫權在《三國演義》裡的戲份，遠不如劉備、曹操、諸葛亮等人來得多，從蜀吳雙方和解以後，孫權在小說裡的出場次數大減，甚至連他在嘉禾二年（西元二三三年），在遼東吃了一場大苦頭的精采故事，也只是寥寥幾筆帶過。

　　慢著，孫權是東吳皇帝，人在建業城中坐，又怎麼會在千里以外的遼東栽跟斗呢？這個故事要從謀求「遼東獨立」的公孫淵在魏、吳之間掀起的一場風暴說起。

　　話說吳嘉禾二年春天，孫權君臣突然接到報告，遼東派人來稱臣了！雖說之前吳國就藉著海路和遼東暗通款曲，但是公孫淵上表稱臣，還是把孫權給樂得晚上也睡不著了，這表示東吳的版圖，要加上遼東半島這一大塊疆域。於是，孫權不顧許多大臣的勸阻，煞有介事的，組織了一個陣容龐大的特使團，帶了許多金銀財寶，搭船由海路到遼東，冊封公孫淵為燕王。這個冊封團由太常（銓敘部長）張彌、執金吾（首都警察局長）許晏帶領，將軍賀達率領一萬名士兵隨行。試想，這支萬人遠洋船隊，陣容該有多麼浩大！

　　這支空前浩蕩的冊封船隊，春天從建業出發，在夏天抵達遼東。剛開始時，他們獲得公孫淵的熱烈歡迎，每天酒宴不斷。可是就在這個時候，公孫淵卻已經萌生殺機。東吳對他來說，實在太遠，就算孫權有心幫他，遠水也是救不了近火的，還不如殺了來使，借用他們的人頭，向曹魏表示自己目前無意造反比較實際。於是，公孫淵選在某日宴席結束後，突然下

手，殺了張彌等人，然後將所有東吳送來的金銀財寶，以及大部分的吳兵俘虜，加上張彌、許晏兩顆人頭，都送往洛陽。只有在船上留守的賀達，知道大事不妙，趕緊調轉船頭，拚著逆風回到東吳，總算是倖免於難。

聽到這個壞消息，孫權簡直氣炸了！他怒道：「朕已經五十多歲，嘗遍世上艱苦困難，最近卻被這混帳戲弄，眞是令人氣不打一處來啊！朕如果不親手把公孫淵這個鼠輩的頭砍下，丟到海中，就沒有臉再當這個皇帝了！（朕年五十，世事難易，靡所不嘗，近爲鼠子所前卻，令人氣湧如山。不自截鼠子頭以擲於海，無顏復臨萬國。）」這意思是他準備要親自率兵渡海，到遼東去征討公孫淵！不用說，這一聽就知道是皇帝氣昏頭時講出來的情緒話，陸遜、薛綜等人連忙「切諫」，說皇上萬金之軀，萬萬不可以身涉險，給孫權一個台階下。

孫權的遼東冒險還有一段續集，五年以後（魏景初二年，西元二三八年），魏明帝曹叡派司馬懿征討遼東，反覆無常的公孫淵，又趕緊向孫權稱臣求援。這次孫權可沒那麼笨了，他假裝答應，實際上準備派兵到遼東去撈一筆，但因爲公孫淵很快就被打敗而作罷。而孫權在遼東大栽跟斗，不但被公孫淵耍得團團轉，還惹得元老重臣張昭老大不爽，這段故事，我們下一篇再說。

吳大帝孫權彩繪像。

孫權火攻老宅男張昭？

> （張）昭忿言之不用，稱疾不朝。（孫）權恨之，土塞其門，昭又於內以土封之。（公孫）淵果殺（張）彌，（許）晏。權數慰謝昭，昭固不起，權因出過其門呼昭，昭辭疾篤。權燒其門，欲以恐之，昭更閉門戶。權使人滅火，住門良久，昭諸子共扶昭起，權載以還宮，深自克責。昭不得已，然後朝會。
>
> 《三國志‧張昭傳》

在上一篇裡，我們說到孫權在遼東上了公孫淵的大當，不但被敵國（曹魏）恥笑，在國內也因爲他一意孤行，惹惱了重臣張昭。這事情是從何說起呢？

張昭是孫氏政權的元老之一，據《三國志‧張昭傳》，孫策以張昭擔任長史，處理行政事宜；孫策臨終之時，還託孤張昭，輔佐孫權（策臨亡，以弟權托昭）。所以張昭在東吳地位極爲崇高，孫權個性詼諧，愛起鬨、講笑話，但從來不敢對張昭胡說八道（與張公言，不敢妄也），算是非常的敬重張昭了。張昭也毫不客氣，常常拿出長輩的架子訓誡孫權。也因如此，孫權稱帝以後，兩次任命丞相，聲望最高的張昭反而全都落選。孫權的解釋是：張老先生脾氣剛烈，丞相的業務繁多（領丞相事煩，

而此公性剛），既不適合、也挺折磨老人家（所言不從，怨咎將興，非所以益之也）。

但是在孫權決定遣使到遼東，冊封公孫淵這件事情上，年近八十的張昭又跳出來當長輩，阻止孫權。這一次，孫權再也忍不住了（權不能堪），拔出佩刀來對張昭說：「吳國士人，入宮則拜孤，出宮則拜君，我對你的尊敬禮數，也是十二分的足夠了，而你一再在眾人面前給我難看，我很怕自己脾氣一來，失手傷了你！」張昭聽了這話，怔怔的看著孫權慢慢說道：「老臣雖知道話不中聽，但每次還是竭盡自己的愚忠，是因爲太后臨終前，叫老臣到床旁，叮囑我要看顧主上，這話還在耳邊啊！」說完，淚流滿面。孫權聽了，把刀丟在地上，和張昭相對哭泣。

上演了這感人的一幕後，張昭以為孫權接受他的勸諫了，誰知孫權仍舊派張彌、許晏率團出發，這下輪到張昭氣壞了！反正自己是老廢物，說話沒人聽，不再上朝；孫權也生氣了：你不參加朝會，好，我叫人用泥土把你的門封起來！（權恨之，土塞其門）沒想到張昭脾氣更倔，也命家人從內側用泥土封門。後來公孫淵果然如張昭所料，殺了東吳使者，讓孫權丟臉丟到外國去，孫權這才懊悔，於是幾次來慰問，想道個歉，張昭就是不理；孫權急了，乾脆在張家門口放火，想嚇嚇張昭，誰知道老先生竟然把門戶關得更緊，一副要在家裡坐以待斃的模樣！這下子不但孫權緊張，張昭的兒子、孫子們也看傻了：我家老爺要跟皇上嘔氣到什麼時候啊！趕緊把張昭扶出來和孫權見面，孫權不停的賠不是，張昭才勉強同意參加朝會。

孫權、張昭君臣這段「火攻老宅男」的鬧劇，好在最後在張家勸說下，以好結局收場。孫權願意低頭道歉，代表他知錯能改，不會死不認錯；不過，這也顯示出年輕時常常忍辱負重的孫權，在中年以後，愈來愈意氣用事，這也導致東吳後期的亂局。

張昭是東吳名臣。

司馬懿爲什麼要裝病？

（李）勝曰：「太傅如何病得這等了？」左右曰：「太傅耳聾。」勝曰：「乞紙筆一用。」左右取紙筆與勝。勝寫畢，呈上，（司馬）懿看之，笑曰：「吾病的耳聾了。此去保重。」言訖，以手指口。侍婢進湯，懿將口就之，湯流滿襟，乃作哽噎之聲曰：「吾今衰老病篤，死在旦夕矣。二子不肖，望君教之。君若見大將軍，千萬看覷二子！」言訖，倒在床上，聲嘶氣喘。李勝拜辭仲達，回見曹爽，細言其事。爽大喜曰：「此老若死，吾無憂矣！」

《三國演義》第一○六回

二○一七年熱播的中國大陸歷史電視劇《軍師聯盟二：虎嘯龍吟》第三十七集，年已老邁的魏國太傅司馬懿接見訪客，卻把荊州聽成并州，讓湯汁從嘴裡淌出來，流得胸前都是，故意裝得一副衰老病殘、一隻腳已踏進棺材的模樣，知名影星吳秀波將老年司馬懿演得維妙維肖，同時也展現出司馬懿本人的絕佳「演技」！話說在魏明帝曹叡死前，安排由三朝老臣、太尉司馬懿與宗室代表、大將軍曹爽（曹眞長子）共同輔政。曹爽和他的手下扶幼主曹芳登基以後，封司馬懿爲太傅，卻奪去他的兵權，這種明升暗降的招數，老辣的司馬懿怎麼會看不出來？於是一面暗中準備，一面卻裝作老病纏身，讓曹爽不疑有他。曹爽手下李勝將出任荊州刺史，臨行前，奉命來拜謁司馬懿，順便刺探

他的狀況，於是司馬懿就上演了這一齣「詐病」戲碼。

這場「詐病賺曹爽」的好戲，就是司馬懿發動的「高平陵政變」的前奏。果然曹爽認爲司馬懿老病將死，毫不提防。正始十年（西元二四九年）正月，曹爽與親信陪同皇帝去高平陵（曹叡陵寢）掃墓，司馬懿閃電發動兵變，接管曹爽軍營，接著，以皇太后的名義，罷黜曹爽一切職務。這時候，大司農（財政部長）桓範冒險逃出京城，極力勸說曹爽趕緊奉皇帝前往許都，來個「挾天子以令諸侯」，抵抗到底。但曹爽是個公子哥兒，想來想去，猶豫半天，最後竟決定向司馬懿投降，表示「那我辭職，當個富翁也就夠了。（爲富家翁足矣）」氣得桓範大罵：「曹眞一生聰明，怎麼會生出你們這幾個豬

頭！（兄弟三人，眞豚犢耳！）」果然，司馬懿並沒有放過失去權力的曹爽，不久後以謀反名義把曹爽、桓範等人全部處死，家族也都殺光。

　　高平陵兵變，就這樣以司馬懿大獲全勝、曹姓宗室全面失勢告終。就像曹操掌握東漢政權一樣，司馬家族從此就獨攬大權，爲日後篡魏建立晉朝奠定基礎。那麼爲什麼司馬懿發動兵變，推翻執政的曹爽集團，會這麼順利呢？這是因爲曹操壓抑世家大族，導致這些豪門失去對皇室的向心力；司馬懿發動政變，根據史學家勞榦先生的說法，就是「東漢的世家豪族，對當時壓迫者曹家政權的一個總攻擊」。歷來很多人指責司馬懿受兩代皇帝（曹丕、曹叡）託孤，卻陰謀狡詐的奪走曹魏江山，其實無論是「詐病賺曹爽」還是高平陵兵變，都只是歷史的表面。眞正在事件下潛行醞釀的人趨勢，是東漢末年的世家豪門藉由「九品中正制」，上演了「大復活」，架空了曹魏政權。

司馬懿歷經曹操、曹丕、曹叡、曹芳四代君主，晚年發動高平陵之變，掌握曹魏的政權。

東吳的諸葛先生怎麼了？

酒至數巡，吳主孫亮托事先起。孫峻下殿，脫了長服，著短衣，內披環甲，手提利刃，上殿大呼曰：「天子有詔誅逆賊！」諸葛恪大驚，擲杯於地，欲拔劍迎之，頭已落地。

《三國演義》第一○八回

出身瑯琊（今山東省臨沂）的諸葛家族，算是三國時代的「第一世家」，魏、蜀、吳三國各有「諸葛先生」位居高官。蜀漢的諸葛亮丞相鼎鼎大名，不用多說；孔明的哥哥諸葛瑾在東吳爲官；連曹魏都有他們的堂弟諸葛誕，擔任過征東大將軍。在這麼多位「諸葛先生」裡，這一問我們要說的主角是諸葛瑾的兒子——諸葛恪。

諸葛恪小時候就聰明外露，也就是現在說的天才兒童，反應超級快。《三國志‧諸葛恪傳》說了一個故事：孫權喜歡和群臣開玩笑，愛「虧」手下重臣。有一次他大宴百官，諸葛恪的父親諸葛瑾也在座，席間，孫權命人牽一隻驢進來，驢頭上寫「諸葛子瑜」四個大字，大家哄堂大笑。原來諸葛瑾臉形長，孫權拿這點開他的玩笑。這時只見諸葛恪不慌

不忙，走上前去，在「諸葛子瑜」下面寫上「之驢」兩字，替父親解圍。孫權就把這隻驢賞給了諸葛瑾。

諸葛恪反應敏捷，會說話，而且說得漂亮。家族出了這樣一個天才少年，諸葛瑾並不高興（瑾常嫌之），常說諸葛恪不是會興旺家門的孩子（非保家之子）。而諸葛恪卻在孫權提拔下，一路升官，先是擔任撫越將軍平定山越，又負責東吳東線國防。後來孫權病重，諸葛恪被命爲大將軍兼太子太傅，擔任新皇帝輔政團的首輔。於是繼諸葛亮以後，諸葛家族又有一人受皇帝託孤！他執政之初，廢除監察百官的特務，鬆綁言論管制（罷視聽，息校官），免除欠稅和關稅（原逋責，除關稅），凡事都以爭取民心爲主。結果，諸葛恪很受愛戴，他每次上下班，民眾都拉長脖子，想看他長什麼模樣（恪每出入，

百姓延頸思見其狀）。

　　可是，就在這種形勢大好的時候，諸葛恪好大喜功、急躁輕浮的狐狸尾巴就冒出來了！他自以為在國內威信已經樹立，該是發動對外戰爭的時候，於是不聽群臣勸阻，接連發兵攻打魏國。雖然頭一次僥倖獲勝，但接下來幾次，不但無法攻下城池，吳軍還爆發傳染病疫情，士氣低落；再加上為了支援後勤，諸葛恪更驅使二十萬民工上前線，一下子就把民怨弄得沸騰。更糟糕的是，諸葛恪打了敗仗，卻不願意負責，還變本加厲（愈治威嚴，多所罪責），這就引來了殺機。

　　吳建興二年（西元二五三年）春天，諸葛恪被小皇帝孫亮召入宮參加酒宴，沒想到這是侍中孫峻（孫權的侄孫）安排的陷阱。諸葛恪才入內，孫峻就脫去外罩的禮服，持刀大喊：「皇上有旨殺諸葛恪！」諸葛恪大驚，但身無寸鐵，來不及反應，當場死於亂刀之下。

　　同樣受命輔佐幼主，叔叔諸葛亮「大名垂宇宙」，諸葛恪卻落得亂刀砍死、全家被殺的下場！看來諸葛瑾說他不是「保家之子」的預言，果然應驗了！

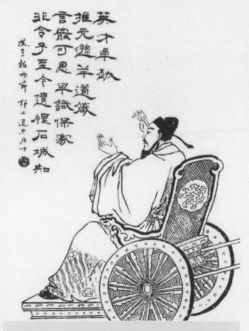

諸葛恪，與叔叔諸葛亮一樣受命輔佐幼主，下場卻大不同。

爲什麼連路人都知道司馬昭之心？

時魏甘露五年夏四月，司馬昭帶劍上殿，（曹）髦起迎之。群臣皆奏曰：「大將軍功德巍巍，合爲晉公，加九錫。」髦低頭不答。昭厲聲曰：「吾父子兄弟三人有大功於魏，今爲晉公，得毋不宜耶？」髦乃應曰：「敢不如命？」昭曰：「潛龍之詩，視吾等如鰍鱔，是何禮也？」髦不能答。昭冷笑下殿，眾官凜然。髦歸後宮，召侍中王沈、尚書王經、散騎常侍王業三人，入內計議。髦泣曰：「司馬昭將懷篡逆，人所共知！朕不能坐受廢辱，卿等伺助朕討之！」

《三國演義》第一一四回

「司馬昭之心，路人皆知」這句話，意思是指野心陰謀已經昭然若揭，大家都心知肚明。那麼，司馬昭到底懷著什麼心、幹下什麼事，讓當時的路人，以及一千多年後的我們，都還清楚記得這句話呢？

自從司馬懿發動「高平陵兵變」，誅殺曹爽以後，魏國政權就全掌握在司馬家族手裡。嘉平三年（西元二五一年），司馬懿去世，長子司馬師掌權，繼續清除朝中忠於皇室的宗親大臣，不久後就找理由，把皇帝曹芳廢黜，另立年僅十二歲的曹髦爲帝。正元二年（西元二五五年）司馬師病死，司馬昭接替哥哥，擔任大將軍。司馬昭擺明了學曹操、曹丕父子篡漢的模式，而且更爲噁心：在平定淮南諸葛誕的叛變後，甘露二年（西元二五七年），朝廷封他當相國、晉公，當明顯是由他授意的封詔頒布時，司馬昭還假裝謙讓，「固辭不受」，實在是惺惺作態到了一個地步！

司馬昭這種「貪吃又裝害羞」的姿態，日漸長大的小皇帝曹髦當然看得出來。據說他寫了一首「黃龍歌」（小說裡是「潛龍歌」），悲嘆自己只是傀儡，日後定要效法祖先宏烈，來個飛龍在天。這首詩很快就被司馬昭安在宮中的間諜報告上去，於

是司馬昭起了戒心。曹髦忍耐不住，召集王經、王沈、王業等人，說道：「司馬昭的野心，路人都知道！（司馬昭之心，路人皆知）朕不能坐在這裡等他來廢黜我，現在就要帶你們去討伐他。（吾不能坐受廢辱，今當與卿等自出討之。）」於是，皇帝就帶領宮中約三百名僕役，出發「討伐」司馬昭。這時司馬昭已經從王沈、王業等人處知道消息，派兵入宮。雙方在宮門遭遇時，司馬昭這邊的人，礙於「弒君」的名聲太難聽，沒人敢對皇帝下手；中護軍賈充就唆使成濟動手，當胸一劍對穿而過，曹髦慘死在馬車上。司馬昭後來又立曹奐當皇帝，也就是曹魏的末代皇帝。

司馬家族，沒有任何打動人心的政治號召，單靠上述這些陰謀詭計以及殘忍殺戮，從曹家手上奪走天下，建立晉朝。雖然過程算是順利，但是在當時以及後世，都留下很不好的名聲。《世說新語》記載：東晉初年，也就是曹髦被殺約六十年後，大臣王導、溫嶠去見東晉明帝司馬紹，皇帝問溫嶠：我大晉朝是怎麼建立起來的？王導看溫嶠回答不上來，就老實不客氣，一五一十的把司馬懿殺曹爽、司馬昭殺曹髦的故事講給皇帝聽。明帝聽完，把臉蒙在床被裡說：

「如果像您所說的這樣，那我們國家還能長久嗎？（若如公言，祚安得長！）」如此看來司馬昭所做的壞事，不但當時的人都知道，連子孫都替他感到羞恥！

後人繪製的司馬昭（右）、司馬攸（左）。

孔明的兒子虛有其表？

卻說諸葛瞻見救兵不至，謂眾將曰：「久守非良圖。」遂留子尚與尚書張遵守城，瞻自披挂上馬，引三軍大開三門殺出。鄧艾見兵出，便撤兵退。瞻奮力追殺，忽然一聲炮響，四面兵合，把瞻困在垓心。瞻引兵左衝右突，殺死數百人。艾令眾軍放箭射之，蜀兵四散。瞻中箭落馬，乃大呼曰：「吾力竭矣！當以一死報國！」遂拔劍自刎而死。

《三國演義》第一一七回

在《三國演義》第一一七回裡，鄧艾帶幾千士兵，裹著毛毯，從山嶺一路滾下，偷渡陰平，一下拐進成都平原！毫無心理準備的蜀漢朝野陷入慌亂，匆忙之中令諸葛亮的兒子諸葛瞻率軍抵擋。諸葛瞻雖用木雕孔明嚇退魏軍，打贏了第一仗，但是沒有退路的鄧艾背水一戰，大破蜀軍，諸葛瞻和長子諸葛尚都自殺殉國，這一戰也敲響了蜀漢滅亡的喪鐘。

小說中的記載，和正史上有些不同。蜀軍主帥諸葛瞻，並沒有靠孔明雕像來嚇退魏軍。諸葛瞻是諸葛亮長子，十七歲當上駙馬爺，他知識淵博、又善繪畫、書法，蜀漢人民因為懷念諸葛亮的關係，常常把和諸葛瞻無關的政策，說成是他的貢獻（每朝廷有一善政佳事，雖非瞻所建倡，百姓皆傳相告曰：葛侯之所爲也）。所以陳壽批評諸葛瞻，說他「美聲溢譽，有過其實」。然而也有人指責：陳壽以前在諸葛瞻手下作事，和他有私怨（陳壽嘗爲瞻吏，爲瞻所辱），所以故意貶損他，真的是這樣嗎？

因此我們必須檢討諸葛瞻指揮的綿竹保衛戰。這一戰，蜀漢軍隊仍然將士用命，光看陣亡的文武官員，《三國志》裡記載的就有一長串，除了諸葛瞻、諸葛尚父子，還有尚書張遵（張飛的孫子）、羽林右部督李球（李恢的侄子）、尚書郎黃崇（黃權的兒子）等人，全都奮戰身亡，可見這場戰爭之激烈。

那麼既然將領們都全力以赴，我們就要看主帥諸葛瞻的表現了。《三國志·黃權傳》附錄黃權留在蜀

漢的兒子黃崇的生平，留下一段關於綿竹之戰的記載：鄧艾從陰平朝成都進兵，黃崇跟隨衛將軍諸葛瞻前去抵擋，到涪縣時，諸葛瞻停滯不前，黃崇苦勸諸葛瞻，應該馬上占領要塞或險要之地，千萬不能放敵人進入成都平原，但是諸葛瞻仍「猶豫未納」，黃崇急得痛哭流涕。結果鄧艾軍隊「長驅而前」，諸葛瞻只好退軍到綿竹與魏軍會戰，最後兵敗自殺，黃崇也奮戰身亡。

　　黃崇建議諸葛瞻趕快搶占山地險要之處，看來是根據蜀漢慣用的山地突擊戰術；而以蜀軍馬匹少，適合山地作戰，不利平原野戰的特性來看，這個建議更是具有正確性。假使能將鄧艾幾千士兵困在山地，等姜維救兵來到，情勢可能會有轉機。從史料來看，諸葛瞻先是猶豫不決，坐失良機，接著又不守綿竹城，而選擇和鄧艾野戰，在戰略上一錯再錯！諸葛瞻是不是有什麼苦衷？因為沒有證據，史家們也只能各作猜測，而除非有新的史料足以翻案，不然陳壽說諸葛瞻聲譽「有過其實」，聲望大過才能，恐怕是難以推翻的。

諸葛瞻為諸葛亮的長子。

姜維的最後一擊！

（姜）維拔劍上殿，往來衝突，不幸心疼轉加。維仰天大叫曰：「吾計不成，乃天命也！」遂自刎而死。時年五十九歲。宮中死者數百人。衛瓘曰：「眾軍各歸營所，以待王命。」魏兵爭欲報仇，共剖維腹，其膽大如雞卵。

《三國演義》第一一九回

蜀漢景耀六年（西元二六三年），魏國以鍾會、鄧艾、諸葛誕兵分三路攻打蜀漢。蜀漢大將軍姜維率軍抵抗，在劍閣（今四川省廣元市）擋住了鍾會、諸葛誕兩路攻勢，鍾會因為糧食補給發生問題，已經在考慮撤兵。沒想到，鄧艾單獨率兵繞過劍閣，從陰平暗渡，奇蹟似的抵達成都平原！蜀漢措手不及，在諸葛瞻率軍抵擋戰敗之後，後主劉禪決定投降，同時也通知仍在劍閣作戰的姜維部隊放下武器，蜀漢就此滅亡。《三國志‧姜維傳》記載：當將士們得到消息後，氣得「拔刀砍石」，可見對於不戰而降，大家都不甘心。

姜維遵奉後主命令，就地向鍾會投降。但是，就在此時，這位諸葛亮一手栽培的「反魏義士」還沒有認輸，他正在策畫一場史無前例的「復國奇謀」。

姜維先取得鍾會的信任。史載：鍾會看到姜維前來投降，很高興的說：「怎麼這麼晚才來？（來何遲也？）」姜維流著眼淚說：「現在來還太早了！（今日見此為速矣！）」鍾會「甚奇之」，也就是說，姜維一句話就令鍾會大為賞識。因此，鍾會對姜維的待遇非常寬大，甚至沒有解除姜維軍隊的武裝。姜維把握這個機會，挑撥鍾會和鄧艾之間的關係，讓鍾會上表司馬昭，說鄧艾有種種違法舉動，必須召回，然後在半途將他殺害。接著，姜維又勸鍾會坑殺所有駐蜀的魏國將領，占據蜀地，自立為王，鍾會也答應了。這時候，姜維偷偷給後主密信：「願陛下忍數日之辱，臣欲使社稷危而復安，日月幽而復明。」

隔年（西元二六四年），鍾會果然自封為益州牧，稱兵反魏，他準備

授與姜維五萬軍隊（可能是原蜀漢軍隊），當作先鋒部隊。就在姜維計畫即將成功的時候，有人走漏了鍾會準備殺害其他魏國將領的陰謀，於是成都發生兵變，鍾會、姜維和許多原蜀漢將領都在亂兵之中遇害。

　　姜維這個「假投降，眞奪權」的「復國奇謀」，即使最終功敗垂成，看來還眞是大膽而想像力十足！後來，東晉時的孫盛批評姜維，說他這個復國計畫，根本就是「不可能的任務！（理外之奇舉）」裴松之倒是替姜維辯護，說當時姜維只差一步，就可以恢復蜀漢，不能因爲他最後失敗，而否定這計畫有成功的可能性（不可謂事有差牙，而抑謂不然），否則，戰國時代田單擺的火牛陣，假如中途出了差錯，難道也要說這是個「天兵計畫」嗎？（設使田單之計，邂逅不會，復可謂之愚闇哉！）

　　根據正史記載：姜維死在兵亂之中。《三國演義》裡，他因爲心痛而無法作戰、最後自殺的情節，都是虛構。姜維死時六十二歲，不是小說中說的五十九歲。再說了，姜維非但沒有「心痛」，也沒有「膽大如雞卵」，小說這樣寫，或許是想替姜維添上一抹悲劇英雄的色彩吧！

鍾裏陰山雪鋒
銷劍閣雲功成呼
負負顯戮報殊勳
苍農

鄧艾為三國時曹魏後期名將。因偷渡陰平，逼使蜀帝劉禪投降，建立滅蜀奇功

「樂不思蜀」
其實有深刻的含意？

> 後主親詣司馬昭府下拜謝。昭設宴款待，先以魏樂舞戲於前，蜀官感傷，獨後主有喜色。昭令蜀人扮蜀樂於前，蜀官盡皆墮淚，後主嬉笑自若。酒至半酣，昭謂賈充曰：「人之無情，乃至於此！雖使諸葛孔明在，亦不能輔之久全，何況姜維乎？」乃問後主曰：「頗思蜀否？」後主曰：「此間樂，不思蜀也。」
>
> 《三國演義》第一一九回

　　說起後主劉禪，恐怕大家都會聯想起「扶不起的阿斗」這句話來，也因此，「阿斗」這個後主的小名，就留在中文詞彙裡，成了專指沒有才幹的人的代稱。

　　阿斗為什麼被看扁到這個程度？首先當然是他在諸葛亮死後，逐漸昏庸無能，寵信奸臣（閻宇）宦官（黃皓），導致政治敗壞；再來就是當魏國攻打蜀漢時，竟然不戰而降，連他的兒子都看不下去，跑到爺爺劉備的廟前告狀，全家自殺；最後，也是最令後世印象深刻的，就是他投降魏國以後，上演的那齣「樂不思蜀」戲碼：司馬昭請劉禪吃飯，席間命樂團演奏蜀國歌曲，投降的原蜀漢官吏們個個痛哭流涕，只有後主嬉笑自若。

　　《漢晉春秋》裡記載，司馬昭跟他的部屬說：「人之無情，可以到這個程度啊！就算諸葛亮在世，也難以長期輔佐這樣的主子周全，何況是姜維呢！」能夠無情、無恥又無能到這樣的地步，不禁令人懷疑，當初趙雲在長坂坡救出阿斗時，是不是撞傷了他的頭，讓劉禪變成這副德性呢？

　　阿斗真的這麼不行嗎？我們先看陳壽對他的評價。陳壽說，後主劉禪像塊白布，為什麼呢？因為當賢相如諸葛亮在位時，劉禪就是個遵循義理的賢君；而小人當權，後主又淪為昏庸愚闇的末代皇帝。看起來，劉禪是個任人擺布，自己全無主張的人。

　　可是，近來也有學者主張，劉禪其實是個大智若愚的人，並不是「腦

殘」。有兩個證據可以支持這樣的說法。首先是劉禪很巧妙的取回自己的權力，諸葛亮在建興十二年（西元二三四年）病逝後，遺留的丞相一職懸缺，劉禪「遇缺不補」，任命蔣琬為尚書令、大司馬，主管行政，兼管軍事，又升費禕作大將軍，主管軍務，而兼理行政（錄尚書事），兩人互相監督，大權回到皇帝之手。套句易中天先生的話，像「這樣一種高明的政治格局和權力分配，豈是弱智的人想得出的？」

而劉禪那番「樂不思蜀」的演出，其實含意也很深刻。這是亡國之君在身處危險境地時，為了自救，所作出的一種表態：我劉禪沒有政治野心。試想，司馬昭讓樂團演奏蜀國音樂，可能意在試探，假如劉禪表露出思念故國之情，很可能就會讓司馬昭懷疑，劉禪還念念不忘以前當皇帝的日子！或者，即使後主本人沒有這個意思，也難保蜀地沒有像姜維那樣的人，以劉禪為號召，再次起兵，如果這樣，司馬昭還能讓劉禪活下去嗎？

既然劉禪不是個傻子，問題又來了。那麼為什麼魏軍攻打蜀國，他隨便就投降了？劉禪投降，是因為他知道蜀漢無法再戰，這裡涉及到蜀漢亡國的致命因素，也就是我們最後一回要討論的三分歸晉的原因。

羊祜與陸抗
打的是另類戰爭？

南州百姓聞羊祜死，罷市而哭。江南守邊將士，亦皆哭泣。襄陽人思祜存日，常游於峴山，遂建廟立碑，四時祭之。往來人見其碑文者，無不流涕，故名為墮淚碑。後人有詩歎曰：「曉日登臨感晉臣，古碑零落峴山春。松間殘露頻頻滴，疑是當年墮淚人。」

《三國演義》第一二〇回

在金庸武俠小說《神鵰俠侶》第三十五回「三枚金針」當中，丐幫幫主魯有腳在峴山腳下羊太傅廟裡，被人暗算身亡。郭襄去廟中弔祭，沒想到遇上蒙古武士尼摩星，這時有人出手，解救了郭襄。郭襄母親黃蓉心中起疑，夜裡再潛到羊太傅廟的「墮淚碑」旁打探，聽見有人說「恩公」姓名和羊太傅「音同字不同」，謎底揭曉：原來解救郭襄之人，正是神鵰大俠楊過。小說裡羊太傅廟既然這麼重要，那麼這個和楊過姓名發音相近的人是誰？為什麼大家想到他都要掉眼淚？

「羊太傅」指的是晉朝大將羊祜，字叔子。羊祜生於曹魏建國初期，姐姐是司馬師夫人，自己也在魏國朝廷中任職。司馬炎篡魏建立晉朝後，泰始五年（西元二六九年）羊祜被任命為荊州都督，總管長江中游軍政，和吳國控制的南荊州隔江對峙。三年後，吳國西陵（原來的夷陵）守將步闡祕密派人向晉投降，但消息走漏，步闡被包圍。羊祜等人兵分兩路，一邊前去接應，另外「圍魏救趙」，派兵偷襲江陵。沒想到被吳兵主帥識破，晉軍還沒趕到，西陵叛軍已經被消滅。羊祜等人無功而返，知道吳國還有厲害人物，從此以後，步步為營，改打「以德服人」的「另類戰爭」。

而這位讓羊祜碰了大釘子的吳國主將，是陸遜的次子陸抗。《三國志》記載：陸抗繼承父親的軍政才幹，很年輕時，就顯露出沉著堅強的人格特質，頗有乃父之風。孫權晚

年，寵愛魯王孫霸，陸遜支持太子，被孫權誤會，屢屢責問，陸遜憂憤而死。陸抗替父親申冤，講得有條有理，孫權慢慢省悟過來。陸抗接替父親鎮守荊州，屢屢擊敗晉軍，保住江陵安全。東吳末期，政治紊亂，其實就靠陸抗和丞相陸凱，一文一武，支撐著瀕危的國家。

回頭說羊祜進行的「另類戰爭」。既然強攻不行，晉軍改採「思想作戰」，對吳國軍民廣施恩惠，爭取人心：來投降的吳軍將士如果反悔，絕不阻攔；與吳軍作戰，不施詭計，晉軍士兵有誤割吳境稻穀者，羊祜派人送還；如果捕到獵物，發現是吳人先射傷，奉送吳國。於是兩岸和平相處，吳人敬佩羊祜，都尊稱他「羊公」。

面對這種柔性攻勢，陸抗心知肚明：羊祜打的是心理戰，想不戰而屈人之兵，於是他也陪羊祜打起「另類戰爭」。兩人鬥法，進行到最高峰的時候，陸抗送美酒給羊祜，羊祜整壺飲用；陸抗生病，羊祜派人送藥，陸抗毫不懷疑便取來服用。很遺憾，吳國皇帝孫皓，看不懂這麼高段數的戰爭，屢屢要陸抗出兵，陸抗不久病死。羊祜知道南征的時機到了，不幸他不久也因病去世，臨終前推薦杜預擔任攻吳主將。史載當羊祜去世時，連吳軍士兵都哀傷哭泣。

風度忠鈴閣殘碑泣峴岫
荷耳何處認遺事說金鐶

羊祜是曹魏晚期與西晉早期的軍事家，因為演義最後章回與陸抗的心理戰著名。

「三分歸晉」
的原因是什麼？

鍾會、鄧艾分兵進，漢室江山盡屬曹。丕、睿、芳、髦纔及奐，司馬又將天下交；受禪臺前雲霧起，石頭城下無波濤。陳留、歸命與安樂，王侯公爵從根苗。紛紛世事無窮盡，天數茫茫不可逃。鼎足三分已成夢，後人憑弔空牢騷！

《三國演義》第一二〇回

滅掉蜀漢後不久，曹魏自己也被長期把持政權的司馬家族所篡位。司馬昭的長子司馬炎當上新成立的晉朝開國皇帝。於是，「三分鼎立」暫時成了「晉吳對峙」的局面。西元二八〇年，當晉朝大軍分三路進逼建業，吳末帝孫皓出城投降，三國時代正式結束，一個短暫的大一統時代來臨。

在小說的最後一回，羅貫中用感傷的詩句，來憑弔這個英雄激戰時代的結局。的確，即使強大如羅馬帝國，也有衰亡的一天，魏、蜀、吳三國當然也不例外。只是，撇開直接致命的因素（軍事征服）不說，三國是否各自有起於內部的長期病因，導致國家日益走向衰頹呢？

讓我們按照滅亡的順序，分別討論在開國之初就潛藏在三國當中的滅亡原因：三國之中法治最上軌道、政府最清廉的蜀漢，其實亡在它一直是個「外來政權」，或者說，由外省人把持的政權。劉備入蜀，荊州集團跟著入川，從此一直占據統治階層，所謂「豫州（劉備）入蜀，荊楚為貴」，而蜀漢「本土化」的努力，在諸葛亮死後，又作得太慢、太少，從諸葛亮開始，到最後的姜維，執掌軍政的首席大臣，全部都是「外省人」！分享不到權力的本地人於是逐漸產生離心情結。這就是我們前面談過的，為什麼當鄧艾幾千軍馬兵臨城下，後主劉禪沒什麼抵抗就投降的原因：本省人不願意替外來政權效命！

曹魏則亡在皇室的衰弱：曹丕篡漢稱帝後，由於對他的兄弟不能完全放心，於是大為削弱宗室的封地與權

力，甚至派人監視諸王。結果是從明帝曹叡以後，小皇帝孤立無援，沒有強而有力的宗室作為依靠。再者，因為曹操大力壓制世族豪門，造成這些有錢有勢的家族全部靠向司馬懿。最後，司馬家族輕輕鬆鬆就取得政權。當然，這樣的變動也有思想上的根源：正如學者張儐生先生所指出的，「清談玄學」成為潮流時尚，而這種思想潮流，並無法阻擋嫻熟政治手段的司馬家族蠶食鯨吞、剷除異己。

至於由「戰鬥團體」起家的東吳，儘管經過立國幾十年，仍然沒有

建立起運作良好的文人政府和權力轉移制度，所以孫權死後，為了搶奪政治權力，軍事政變、流血鬥爭不斷發生，在這許多次的謀殺、叛變裡，國力就被內耗殆盡了。東吳之所以能夠在蜀漢、曹魏相繼滅亡之後，還能和晉朝隔長江對峙快要二十年之久，除了靠陸抗鎮守在荊州，完全只是因為晉朝的軍事準備還沒完成而已！

曹操的雄心機謀、諸葛亮的耿耿孤忠、周瑜的風流倜儻，還有官渡屯起的土山、赤壁被焚燒的戰船、夷陵戰馬踏踩過的痕跡，都隨著三分歸一統而風消雲散了！讓我們最後也用唐朝詩人劉禹錫〈西塞山懷古〉的詩句，作為本書的結尾：

人世幾回傷往事，山形依舊枕寒流；

從今四海為家日，故壘蕭蕭蘆荻秋。

晉武帝司馬炎畫像。

參考文獻

（晉）陳壽，《三國志》

（南朝宋）范曄，《後漢書》

（南朝宋）劉義慶，《世說新語》

（唐）房玄齡等，《晉書》

（宋）司馬光，《資治通鑑》

引用書目

錢穆，《國史大綱》上冊，台北：商務印書館，民國七十一年

易中天，《品三國》，上海文藝出版社，二〇〇七年

張儐生，《魏晉南北朝政治史》上冊，台北市：中國文化大學出版部，民國七十一年

勞榦，《魏晉南北朝史》，台北市：中國文化大學出版部，民國六十九年

祝秀俠，《三國人物新論》，香港：大文書局，民國四十一年

燕京曉林、土等民，《三國赤壁之戰新解》，北京市：中國廣播電視出版社，二〇〇八年

襟夢庵，《三國人物論集》，台北市：台灣商務印書館，民國八十七年

李殿元、李紹先，《「三國演義」中的懸案》，四川人民出版社，一九九七年

余明俠，《諸葛亮評傳》，南京市：南京大學出版社，一九九六年

陳文德，《策略規劃家：諸葛亮大傳》，台北市：遠流出版公司，民國八十六年

楊耀坤、伍野春，《陳壽、裴松之評傳》，南京市：南京大學出版社，一九九八年

張作耀，《曹操評傳》，南京市：南京大學出版社，二〇〇一年

國家圖書館出版品預行編目資料

被誤解的三國／廖彥博著. -- 初版. -- 臺中市：好
讀, 2018.10　面；　公分. -- (圖說歷史；55)

ISBN 978-986-178-471-7(平裝)

1.三國

857.4523　　　　　　　　　　　　107091505

好讀出版

圖說歷史55

被誤解的三國【全彩插圖版】

作　　　者／廖彥博
總 編 輯／鄧茵茵
文字編輯／莊銘桓
行銷企劃／劉恩綺
發 行 所／好讀出版有限公司
台中市407西屯區工業30路1號
台中市407西屯區大有街13號（編輯部）
TEL:04-23157795 FAX:04-23144188　　　http://howdo.morningstar.com.tw
（如對本書編輯或內容有意見，請來電或上網告訴我們）
法律顧問 陳思成律師

總經銷／知己圖書股份有限公司
106台北市大安區辛亥路一段30號9樓
TEL：02-23672044　23672047 FAX：02-23635741
407台中市西屯區工業30路1號1樓
TEL：04-23595819 FAX：04-23595493
E-mail：service@morningstar.com.tw
網路書店：http://www.morningstar.com.tw
讀者專線：04-23595819＃230
郵政劃撥：15060393（知己圖書股份有限公司）
印刷／上好印刷股份有限公司

初版／西元2018年10月1日
定價：300元
如有破損或裝訂錯誤，請寄回知己圖書更換

線上讀者回函：
請掃描QRCODE

Published by How-Do Publishing Co., Ltd.
2018 Printed in Taiwan
All rights reserved.
ISBN 978-986-178-471-7